어느 여행가의 프랑스 허니문

사랑과
여행의
여덟 단계

사랑과
여행의
여덟 단계

2017년 4월 15일 1판 1쇄 인쇄
2017년 4월 28일 1판 1쇄 발행

지음 비비안 스위프트 | 옮김 천미나
펴낸이 김상일 | 펴낸곳 도서출판 키다리
책임편집 김상일 | 편집 김민정 | 디자인 이정미 | 마케팅 옥정연 | 관리 김영숙
출판등록 2004년 11월 3일 제406-2010-000095호
주소 경기도 파주시 회동길 216
전화 031-955-1600 | 팩스 031-955-1601
이메일 kidaribook@naver.com | 페이스북 http://www.facebook.com/kidaribook
ISBN 979-11-5785-144-7(03840)

참좋은날은 도서출판키다리가 만드는 성인 단행본 브랜드입니다.

어느 여행가의 프랑스 허니문

사랑과
여행의
여덟 단계

비비안 스위프트 지음 | 천미나 옮김

참
좋은날

사용 설명서

- 책을 똑바로 들고 한 번에 한 장씩 넘긴다.
- 습기에 주의하고, 저녁 식사의 동반자로 부족함이 없는 책이긴 하나, 표지에 양념이나 소스를 흘리지 말 것
- 불쏘시개나 구명구, 혹은 미끼로 사용하지 말 것
- 책에는 전반적인 여행 관련 주의 사항과 요령, 안내 사항, 프랑스 곳곳을 한가로이 거닐며 즐기는 데 도움이 될 길잡이들이 수록되어 있다. 여행 중에 읽기보다는 여행 전 또는 후에 읽기를 추천함
- 여행 정보서가 아니므로 호텔이나 레스토랑 목록은 없다. 말하자면 『여행의 기술』류에 가까운 책이다. 하지만 이 책에 실린 삽화들은 당신만의 모험을 계획하는 데 영감을 주거나, 당신이 여행에서 경험했던 멋진 추억의 순간을 떠올리는 데 도움이 될 것이다.
- 마지막 장에 이르면, 표지를 덮고 다시 책을 똑바로 세운다.

모든 길 위의 여행엔 우여곡절이 있기 마련이다,
연애나 주식 시장처럼.

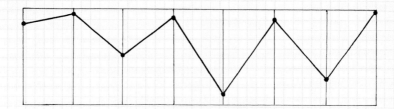

차례

나의 여행은…

그렇다, 많은 사람들이 여행을 한다. 그리고 남들보다 여행을 잘 하는 사람이 있기 마련이다. 나의 실력 발휘가 필요한 시점이다. 스스로 여행 전문가라고 떠벌리진 않지만 나는 여행 전문가가 맞다. 30년간 40개국을 다녔고, 그중에 크루즈 여행은 한 번도 없었다. 50곳이 넘는 유스호스텔에 묵어봤지만 나한테 토한 사람은 한 명도 없었다. 짐승의 골에서부터 메뚜기 튀김, 염소 고기까지 온갖 현지식을 맛보았다. 그중 아마존 바비큐를 만났을 때가 떠오른다. 그때 내가 본 그릴 위 음식의 정체는 신만이 알았으리라.

내가 "저거 귀예요?" 하고 요리사에게 물었더니 "네, 그럼요." 하고 대답하는 걸 듣고 왠지 그 '귀'라는 게 상상조차 하기 힘든 무언가를 에둘러 말한 게 아닌가 싶은 걱정에 휩싸이기 시작했다. 그제야 '저거 귀예요?'라는 우문에 현답이란 있을 수 없다는 것을 깨달았다.

아마존 말라리아모기에게 물려보았고, 야생 비비원숭이의 위협을 받기도 했으며, 고삐 풀린 무스에게 이리저리 쫓겨보기도 했고, 한밤중 내 방에 침입한 고주망태가 된 아프리카 병사에게 청혼을 받은 일도 있다.

코끼리 똥과 사람 똥을 밟으며 걸어보았고, 콧물 범벅인 아기들과 나병에 걸린 걸인들이 동승한 콩나물시루 같은 낡아빠진 버스에 몸을 구겨 넣은 적도 있었다. 로마에서는 총각들의 음흉한 시선을 받아봤고, 와가두구에서는 낙타 침을 잽싸게 피하기도 했으며, 시선을 내리깔고 마치 나를 재단하는 듯한 파리지엔의 눈길을 받기도 했다. 무엇보다 이 모든 일을 겪는 중에도 한 번도 입원을 하거나 감옥에 가거나, 발이 묶이거나, 피어싱을 하거나, 문신을 하거나, 납치되어 몸값을 지불해 본 경험이 없다. 난 그렇게 대단한 사람이다.

니체의 명언 '살아남으면 강해진다'에서 나의 모토를 찾았다.

"집으로 가지 않고 버티면 강해진다."

일을 참 잘도 헤쳐나간다며 스스로를 뿌듯하게 여긴 건 최근 다시 프랑스를 찾았던 여행길에서다. 신혼여행이라고 불러도 무방하다. 나의 새 남편은 그 여행을 그렇게 불렀으니까. 스스로의 칭찬에 몹시 우쭐해진 나는 혼잣말로 중얼거렸다.

　　"넌 책을 써야 해!"

　　이 책은 그렇게 탄생했다. 프랑스에서 벌어진 일들을 바탕으로 수백 개의 삽화와 수백 개의 짧은 기록들, 덧붙인 설명과 이야기들이 있으니 상당 부분 프랑스에 관한 책이라고 봐도 무방하다. 그렇지만 꼭 프랑스에 관한 책이라고 할 수는 없다. 나는 그냥 이 책을 여행에 대한 책이라고 하고 싶다.

　　요즘엔 누구나 여행을 한다. 세상의 직업들 가운데 열 중 하나는 여행 관련 직종일 정도다. 미국에서는 어느 때라도, 450개 국내선 공항에서 3만 대의 항공편을 이용하려는 180만 명의 승객이 줄을 서 있다.

　　이 책은 그 자체의 관습과, 세대에서 세대로 이어 내려온 그 자체의 역사를 지닌, 그 자체의 활동으로서의 여행에 대한 이야기이다. 야구가 사교댄스와 다르듯 일상생활과는 다른, 유희로서의 여행에 대한 이야기이다. 이 책은 기념품을 사고 관광지 앞에서 기념사진을 찍으려 포즈를 취하는 사이사이 우리가 하는 일에 대한 이야기이자, 직장에 질리고 가족들에게 물리고, 스스로에게 권태를 느낄 때 우리가 품는 환상으로서의 여행에 대한 이야기이다.

　　여행은 섹스와 닮은 점이 많다. 지극히 개인적이며 변덕스럽기 일쑤며, 경쟁심이 강하다. 무엇보다 남들은 어떻게 하는지 은밀한 호기심이 생긴다.

　　나의 여행은 이러했다.

비비안 스위프트

1단계 기대

사랑과 여행에서
도착이 즐거움의 절반이다

여행에서 기대란

욕정 어린 조바심이며 열렬하지만 헛된 공상이고 골치 아픈 기다림이다. 새로운 모험이 바로 앞에 있음을 깨달은 연인들과 여행가는 모두 똑같다. 과학자와 낭만주의자들은 기대란 짝짓기 과정의 결정적 단계라고도 말한다.

집에서 잠옷 차림으로 텔레비전이나 보고 싶어하는 본능을 떨쳐내기 위해서는 조금은 등골이 오싹하고 손에 땀이 나며, 심장이 쿵쾅거리는 욕망으로 마음을 일깨워야만 한다. 그것이 바로 우리를 일으켜 사랑하게 만드는 원동력이다. 어느 여행에서든 기대한다는 것은 중요한 단계이다. 곧 삶이 달라지고 나아질 거라는 희망이다. 이집트 피라미드 너머 일몰을 보고, 부르고뉴에서 진미를 맛보고, 교토의 선사에서 정적을 체험함으로써 말이다. 우리는 사랑에 대해 원하는 것을 여행에 대해서도 똑같이 원한다. 인생을 바꿀 만한 운명적인 만남. 거기에 환상적인 풍경까지 더하여….

열아홉 살 때 나는 산업용 게이지를 생산하는 공장 사무실에서 일했다. 온종일 연필로 선적 서류를 쓰고 또 썼는데, 그러다 한 숙련된 타이피스트에게 그 일을 넘겼다. 나는 이 선적 서류에 적힌 이름들을 통해, 맥주에서부터 화학무기에 이르기까지 다양한 액체와 가스 용품 제조에 게이지가 사용된다는 사실을 알았다. 게이지. 그것은 인간 산업의 경이와 해악을 관측하는 따분한 방법이다.

1975년 새해 연휴를 마치고 직장에 복귀한 첫날이었다. 선적 서류 더미를 가만히 응시하던 나는 문득 이 생활을 끝내야 한다는 마음이 들었다. 파리로 가야만 했다. 나는 책상 위에 놓인 새 일력의 비닐을 확 뜯어낸 뒤, 연필을 쥐고 한 장 한 장 번호를 매기기 시작했다. 1부터 209까지. 그랬다. 공장이 잠시 문을 닫고 게이지 생산을 중단하는, 전 직원에게 주어지는 14일간의 여름휴가까지는 209일이 남아 있었다. 그날 1975년 7월 28일, 209일째 되는 바로 그날 나는 파리로 떠날 것이다. 그날은 내 남은 생의 첫날이 되리라.

하루하루 연필심이 닳아가고 무수한 선적 서류들이 쌓여갔고, 나는 달력을 보며 카운트다운을 하며 내 모습을 상상했다. 지금으로부터 209일 후의 나를, 지금으로부터 152일 후의 나를, 지금으로부터 64일 후의 나를….

기대, 바로 그 기대 덕분에 209일을 버틸 수 있었다.

안전한 항구를 떠나 항해하라.
돛에 바람을 싣고 탐험하라.
꿈꾸어라.
그리고 발견하라.

마크 트웨인 (1835~1910)

축하합니다!

당신은 모험의 부름에 응답하였습니다.
이제 모험을 준비하는 법을 가르쳐드리죠.

여행 짐 꾸리기

여행자에겐 주머니가 필수다. 그리고 보르도의 싸구려 호텔 방에서 입고 잔 다음 날에도 멀쩡해 보이는 그런 옷도 필수다.

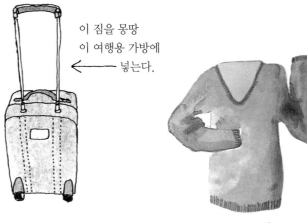

이 짐을 몽땅
이 여행용 가방에
← 넣는다.

서늘한 파리의 밤에 귀여운 여름 원피스를 입고 서너 사이즈 큰 캐시미어 스웨터를 어깨에 걸치면 아주 세련돼 보인다. 브르타뉴 숲길을 걸을 땐 재킷 안에 보온용으로 껴입어도 좋다. 매우 실용적이다.

브루스 스프링스틴
티셔츠는 필수 아이템

특별 주문한 송나라 시조집을 찾으러 서점으로 향할 때, 당신만의 비법인 바비큐 소스에 들어가는 재료를 사러 슈퍼마켓에 들를 때, 아침에 담배 한 갑을 사러 모퉁이 가게로 비틀비틀 들어갈 때, 조랑말에게 씌울 새 안장을 보러 에르메스의 마구 코너에 들를 때! 뭐가 됐든 당신의 토요일 오전식 스타일이야말로 여행 복장으로 제격이다.

토요일 오전 복장은 자동적으로 입는 옷이자 아무 생각 없이 걸치는 편한 옷으로, 세상에 나만의 스타일을 드러내며, 진정한 내 모습을 대표한다. 여행할 때는 그런 류의 편안함이 필요하다. 길 위에서는 바로 그러한 사람이 되어야 한다.

여행을 얼마나 잘 하는가? 다시 말해 얼마나 빨리 코스를 변경할 수 있으며, 즉흥적인 결정으로 얼마나 멀리 떠날 수 있는가, 이곳저곳을 얼마나 즐겁게 방랑할 수 있는가는 가장 큰 짐, 바로 여행 가방을 얼마나 손쉽게 휴대하느냐에 달려 있다.

28일치 옷을 간단히 담을 기내용 가방을 준비하고, 여행 중 모든 겉옷은 최소 네 번씩은 입게끔 계획을 세운다. 28일을 4일 주기로 나누면 일곱 번 갈아입을 옷이 필요하다. 세탁소에 다녀오면 다시 28일을 위한 준비가 끝난다. 이렇게 28일씩 무한 반복. '가볍게 여행하기'의 포인트는 작은 가방에 최대한 많은 물건을 쑤셔 넣는 게 아니다. 오히려 즐거운 시간을 보내기 위해서 그다지 많은 게 필요치 않다는 걸 발견하는 데 있다.

존 레드야드(1751~1789)는 자칭 '역사상 가장 위대한 여행가'였다. 짧은 생애 동안 세계 곳곳을 두루 여행했다. 그는 단연코 역사상 가장 위대한 짐 꾸리기 전문가이기도 했다. 1776~1780년까지 4년간 쿡 선장의 레졸루션호 선원으로 세계 항해를 마친 후, 그의 다음 모험은 걸어서 세계를 일주하겠다는 꿈을 실현하는 것이었다.

그는 1786년 1월 런던에서 여행을 시작했다. 34세 때였다. 레드야드는 러시아 야쿠츠크에서 예카테리나 2세에게 스파이 혐의로 체포되기 전까지 2년간 총 6106킬로미터를 걸었다. 이 기간 동안 그가 입은 것은 시베리아산 부츠와 바지, 여분의 양말 한 켤레와 셔츠 한 벌 그리고 망토 한 벌이 전부였다. 그런데 웬 망토? 레드야드는 코네티컷에 있는 동생에게 보낸 편지에서 자신의 망토를 이렇게 자랑한다.

"나는 덴마크, 스웨덴, 라플란드, 핀란드와 그 밖에 이름 모를 곳을 망토와 함께 걸었다. 망토를 입고 자고, 먹고, 마시고, 싸우고 협상을 벌였지. 매 순간 망토는 나의 변함없는 불굴의 하인이었다."

당신의 여행 짐 속에도 존 레드야드의 망토와 같은 훌륭한 옷 한 벌쯤 들어 있기를.

나의 여행 필수품

안락함에 보탬이 되는 물건은 무엇이든 챙기길 추천한다. 나는 대형 여행 가방에 다음과 같은 것들을 담았다. 셔츠 열두 장과 그에 비례한 그 밖의 옷가지, 2인용 조리 기구가 담긴 통 두 개, 안장과 굴레. 무슨 일이 있어도 차는 필수. 담요는 그다지 필요치 않다. 해충을 방지하기 위해 양 옆과 한쪽 끝을 꿰맨 홑이불 두 장.

—T. R. 졸리프 『이집트에서 온 편지』 (1854)

쌀, 달(마른 콩에 향신료를 넣고 끓인 인도 스튜), 오발틴(우유 음료의 일종), 순가락, 방향염(병에 넣어 보관하다가 의식을 잃은 사람의 코 밑에 대어 정신이 들게 하는 데 쓰던 화학 물질), 다양한 크기의 못, 옷핀, 망혼들의 목록.

—V. R. 라감 『순례자의 여행 안내서』 (1963)

작은 브랜디 한 병, 방향염, 가볍게 읽을 수 있는 책, 발밑에 둘 사라사 무명이나 새틴 소재 쿠션들, 여름용 스웨이드 장갑, 겨울용 양모 토시, 여관 서랍 밑에 깔 질 좋은 황갈색 종이 (앞서 무엇이 놓였는지 모를 곳에 내 소지품을 보관한다는 것은 썩 유쾌한 일은 아니다.)

—릴리아스 캠벨 데이비드슨 『국내외 여성 여행가들을 위한 안내서』 (1889)

일회용 반창고

여행 중 읽을 책

고양이 윈스턴의 유골함

여행 스크랩북

테이프를 이용해 백지 카드 50
장을 이어 붙인다. 테이프 양 끝
부분을 잘라낸다.

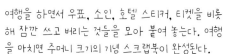
아코디언 모양으로 지그재그로 접는다.

여행을 하면서 우표, 소인, 호텔 스티커, 티켓을 비롯
해 잠깐 쓰고 버리는 것들을 모아 붙여 놓는다. 여행
을 마치면 주머니 크기의 기념 스크랩북이 완성된다.

우리는 왜 여행을 할까?

얼음 조각조차 구경할 수 없다며 씩씩대
던, 이집트 피라미드에서 만난 벌건 얼굴의 남
자. 만리장성에서 만난 부루퉁한 표정의 10대 아이는
부모님과 함께라면 이 세상 어디도 못마땅할 뿐이며,
오하이오 집에서 친구들과 스케이트보드나 타는 게 백 번
낫단다. 우리는 왜 여행을 할까? 즐거움, 체면, 이득 혹은 교육 때문에? 아니면 단순히 그
게 원래 우리가 하는 일이니까?

17년에 걸쳐 고국 오스트리아에서 시작하여 터키 제국과 중동, 북아프리카를 관통하는
여행을 하며 풍부한 여행 정보를 남긴 바 있는 여행가 레오폴드 베르히톨트 백작은 『애국적
인 여행자에 대한 직접적이고도 오랜 탐구 에세이』(1789년)에서 이렇게 충고했다.

"긴 여행의 길동무를 선택할 때 신중을 기하라. 그가 나와 사고방식이 완전히 동일하다면
모를까, 결국 그는 견딜 수 없는 짐, 여행의 크나큰 장애물이 될 것이며, 동행의 기쁨은 고
통으로 바뀌고 말 것이다."

레오폴드 백작의 말에 동의한다. 그래서 나는 혼자 하는 여행을 즐겼다. 안 맞는 동무와
의 여행은 매 걸음이 고문이다. 더구나 길동무 중 태반은 형편없기 마련이다. 그러다 중년
을 넘어서는 시기에 나는 기나긴 여정에 괜찮은 동행이 될 법한 남자를 만났다. 기나긴 길
위의 여행의 길동무로서도 괜찮을 사람을.

생각지 못한, 여행의 길동무

1975년 여름, 우리는 각자 파리에 있었지만 여정이 교차하지 않았다.

　나는 불안한 열아홉이었다. 펜실베이니아 공장에서 번 돈을 밑천 삼아 하루 10달러 예산으로 파리를 여행하는 중이었다. 고등학교 3년간 평균 B학점 정도의 프랑스 어 실력으로 그럭저럭 박물관들과 지하철역을 돌아다닐 수 있었다. 하지만 감히 그 이상을 꿈꾸기는 어려웠다. 나는 가족 중에서 처음으로 여권을 발급 받은 사람이었고, 세계 어디라도 갈 수 있다는 생각을 막 깨우치게 되었을 뿐이었다. 당장은 싸구려 학생 식당 한 귀퉁이에서 오믈렛을 앞에 두고 조용히 앉아 있는 현실에 만족했다. 그러나 언젠가는 프로페셔널한 파리인 웨이터의 시중을 받으며 뵈르느와르 ^{버터에 파슬리와 식초 등을 가미한 소스}를 곁들인 송아지 뇌 요리를 마주할 용기가 생기리라 생각했다.

　제임스는 스물두 살 나이에 이미 충분히 유쾌한 사람이었다. 주머니에 20센트짜리 하나 달랑 들고 뮌헨에서 제네바까지 히치하이크를 감행하면서도 느긋하기만 했다. 철학 전공자로 막 대학을 졸업했고, 성공회 사립고에서 4년간 평균 C+를 받은 프랑스 어 실력으로 포르투갈의 가족 별장으로 가는 도중에 파리에 들렀다. 롱아일랜드 출신의 이 장난꾸러기는 뭐든 척척 맞아떨어지는 편이다. 이를테면 툴레인 대학교에서 2학년에 올라가기 전 여름, 샌프란시스코에서 열리는 그레이트풀 데드 콘서트 장에 표도 없이 무작정 갔는데 우연찮게 공짜표가 생겼단다. 나에게 말하길, 지금껏 살면서 단 하루도 불안해본 적이 없단다. 여행이든 삶이든 다 잘 될 거라고.

30년 후

결국 누구와 결혼하게 될지는 아무도 모르는 법이다.

쌀쌀한 봄, 맨해튼의 비 오는 목요일, 기금 마련 미술전시회 겸 칵테일파티장에서 나는 낯선 이들로 가득한 방 안을 바라보고 있었다. 그때 트위드 재킷을 입은 수려한 외모의 백발 신사가 다가와 나에게 혼자냐고 물었다. 나는 "네"라고 답했다. "저도 혼잡니다"라고 그가 말했다. 그는 그날 오후 다녀온 장례식 이야기를 했고, 나는 파티장에 오는 길에 음반 가게에 들러서 블로우 몽키즈 _{영국의 4인조 밴드} 시디를 샀다는 이야기를 했다. 죽음과 1980년대 팝 음악은 내가 제일 좋아하는 대화 소재다.

그는 나의 긴 머리칼을 마음에 들어 했고, 팬시컬러 다이아몬드의 선별법을 아는 사람이었다. 나는 그의 미소가 좋았고, 지배인이 건넨 특이하게 생긴 초콜릿 마티니를 마시는 모습에 새로운 것을 기꺼이 시도해보는 그의 자세가 마음에 들었다. 우리는 일 년 후 결혼했다. 그리고 프랑스로 갔다. 말하자면 신혼여행이었다.

2005년 9월
길 위의 여행

파리 · 노르망디 · 브르타뉴 · 보르도 · 루아르 계곡 · 샤르트르 · 파리

노르망디	브르타뉴	보르도	루아르 계곡
지베르니	퐁토르송	보르도	투르
루앙	몽생미셸	생테밀리옹	아제르리도
바이외	생말로	생필립데귈	위세
오마하 비치	캉칼	라르올르	랑제
	푸제르	로장	빌랑드리
		베르주라크	리바렌느
		생트푸아라그랑드	시농
		생마케르	
		마고	
		생줄리앙	
		포이약	
		몽탈리베레방	
		쉴락쉬메르	
		베르테이	

Normandy
노르망디

Brittany
브르타뉴

Paris
파리

Loire Valley
루아르 계곡

Bordeaux 보르도

Paris
파리

2단계 열병

도착은 첫눈에 반한 사랑과
여러 모로 비슷하다

여행자에게 모든 도착은 머나먼 행성에 발을 내딛는 것과 같다. 우리가 여행을 하는 이유이기도 하다. 낯선 세상에 새로운 존재로 발을 디딘다는 것은 특별한 즐거움이다. 우리로 하여금 처음부터 다시 시작하게 해주고, 세상에 더 나은 나로, 우리가 늘 꿈꾸어왔던 바로 그 사람으로 만들어준다. 멋대로 상상하며 낯선 세상을 가만히 바라보고 있노라면 마음이 환해지는 특별한 즐거움을 느끼는데, 이는 첫눈에 반한 사랑과 여러 모로 비슷하다.

열병은 광기의 단계다. 당신은 마음속으로 생각한다. "드디어 난 사랑에 빠졌어. 내가 정말 사랑에 빠졌다고!" 새로운 사랑에 빠져 주체할 수 없는 기쁨에 당신은 한없이 들뜨고 쉽게 속아 넘어가며 어리석어진다. 사랑에 푹 빠져본 경험이 있다면 누구나 아는 사실이다. 대단한 감정이 아닐 수 없다.

여행자가 낯선 나라, 낯선 도시에 당도한 여행 첫날에 느끼는 감정도 바로 그러하다. 들뜨고 쉽게 속아 넘어가며 어리석어진다. 따라서 여행 초기 들뜨고 어수룩한 마음으로 인하여 지나치게 어리석은 일을 저지르지 않도록 대비책을 세워야 한다.

다음을 참고하길.

곧장 쇼핑하러 가지 말 것. 20대 때는 프랑스에 오면 당장 옷을 사러 달려 나갔다. 프랑스 사람처럼 보이고 싶고, 느끼고 싶다는 조급한 마음에 종종 감당할 수 없는 돈을 써버리기도 했다. 한번은 200달러를 주고 원피스 한 벌을 샀는데 겨우 두 번 입고 말았다. 그 옷은 평화봉사단원으로 아프리카에 갈 때 가져갔다. 그걸 입고 돼지우리 같은 숙소 바닥을 박박 닦으며 청소는 했는데, 그때 그 옷은 생을 마감했다.

성급히 현지 별미를 맛보지 말 것. 그동안 외국에서 성급히 먹어치운 온갖 길거리 음식들을 생각하면 악몽이 따로 없다. 메뚜기 튀김, 과일박쥐 구이, 맨손으로 먹었던 염소 통구이, 경솔하게 먹어치웠던, 번역하기도 어려운 삶고 튀긴 요리들. 수십 년 잠복기를 거치며 내 소화관 속에서 곪아가고 있을지도 모른다. 아직 세상에 알려지지 않은 치명적인 열대병을 생각하면 요즘은 통 잠이 오질 않는다. 온갖 찬반양론을 검토하기 전까지 무모한 요리는 되도록 멀리하길 충고한다.

결혼하지 말 것. 물론 이방인과 사랑에 빠진다는 건 여행 중 만나게 될 행복한 모험 중 하나임은 틀림없다. 단, 제단 앞에 서겠다며 너무 서두르는 일만은 삼가라.

26세가 되어서야 생텍쥐페리는 생애 처음 프랑스 밖으로 여행을 떠났다. 그때 그는 파리발 코트디부아르행 소형 우편 수송 비행기의 유일한 승객이었다. 그 후 그는 20세기 가장 위대한 모험가 중 한 사람이 되었지만 여행가로서의 시작은 아주 불길했다. 이 첫 비행이 끝나갈 무렵 비행기가 조종 불능 상태에 빠졌기 때문이다. 비행기는 하늘에서 추락해 목적지에서 수 킬로미터 못 미친 사하라 사막에 불시착했다. 그러나 생텍쥐페리는 마침내 아프리카에 다다랐다는 사실에 흥분을 감추지 못했고, 난파된 비행기 옆에 앉아 구조를 기다리며 모래언덕 너머로 지는 해를 지켜보면서도 마음은 온통 뿌듯함과 행복으로 가득했다. 그는 여행기에 이렇게 적었다.

"난생 처음으로 내 삶이 온전히 나의 것이고, 내 인생의 책임자가 나인 것 같은 기분이 들었다. 사랑 그 자체와도 같았다."

말년에 생텍쥐페리(1900~1944)는, 자기가 그랬듯이 사막에 불시착하는 이야기로 시작하는, 베스트셀러 고전이 된 『어린 왕자』를 썼다.

파리, 두 개의 도착에 대한 이야기

1975년 당시, 프랑스 돈 1프랑은 달러의 24센트에 해당했다. 내가 점심 식사거리로 이틀에 한 번 꼴로 사는 바게트는 1프랑이었다. 오믈렛은 3.2프랑, 와인 한 잔을 90상팀 _{상팀:1/100프랑} 에 파는 곳들도 있었다. 가난해도 아무렇지도 않은 건 난생 처음이었다. 프랑스에서는 가난마저 그림처럼 아름다웠다.

떨리는 예감으로 마들렌 _{카스테라의 일종} 을 찻잔 속에 담근다. 깨달음의 순간을 기다리며 골똘히 생각한다. 차를 듬뿍 적셔 한 번 더 베어 문다. 난 일기장에 이렇게 쓴다.

"줄기콩 맛이 난다."

나폴레옹 무덤 입구에서 이 표지판을 보고 유럽인의 교양에 대한 이전의 나의 생각에 의문을 품기 시작했다.

길에서 다리에 깁스를 한 노인을 보고 난 전쟁의 상처가 틀림없다고 생각했다. 내가 생각하는 전쟁이란 30년전 끝난 제2차 세계대전을 말한다. 그냥 역사 감각이 없다라는 말 정도로는 한참 부족한 표현이 되리라.

> Ne crachez pas votre chewing-gum sur les moquettes. Merci!
>
> Bitte Spucken sie nicht ihren Kougummi auf den Tappich!
>
> Please, do not spit your chewing gum out on the carpets!
>
> 양탄자 위에 껌을 뱉지 마시오.

2005년 현재, 비행기가 샤를 드 골 공항에

내려앉자 제임스와 나는 눈물을 닦는다. 기내 영화는 사랑 영화였고 우린 둘 다 눈물을 흘렸다. 새 남편과 함께 파리로 향하는 여정에 나는 나만의 사랑 이야기 속에 있다는 사실이 너무 행복해서 울었다. 야구광인 나의 새 남편은 그 영화가 야구에 대한 영화이기도 해서 울었다.

프랑스 땅에서 나눈 현지인과의 첫 대화는 다음과 같다.

"공항터미널 내에서는 금연입니다."

수하물 찾는 곳에서, 막 말보로에 불을 붙이는 여자를 향해 내가 완벽한 프랑스 어로 말한다.

여자가 나를 날카롭게 쏘아본다.

나는 손가락으로 '금연' 표지판을 가리킨다.

여자가 어정쩡한 영어로 나에게 대꾸한다.

"그래서 내가 당신한테 불편을 끼쳤나요?"

대관절 담배 한 대 핀 걸 가지고 왜 난리냐는 듯한 표정을 감추지 않는다. 여자는 지극히 오만하게 바닥에 담배꽁초를 툭 떨어뜨리고는 그 조그만 로저 비비에 에나멜 플랫 슈즈의 발끝으로 꽁초를 뭉개버린다.

그녀에게 입이라도 맞추고 싶다.

이제야 파리에 도착했다는 실감이 났으니 말이다.

모험 여행가의 척도로 여행지의 난이도를 1에서 5로 매긴다면 프랑스는 1이다. 하와이, 뉴질랜드, 영국과 동일하다. 5는 북극과 네팔 및 파타고니아에 해당한다. 그런데 모험 여행가들 가운데 프랑스 어를 하는 사람이 얼마나 될까? 그리고 그들 중 제임스와 나처럼 파리지엔에게 굳이 프랑스 어를 쓰려는 사람은 또 얼마나 될까?

파리지엔들은 외국 억양으로 자기네 말을 하면 질색한다. 당신이 하는 말을 한 마디도 알아듣지 못하는 척한다는 사실을 인지하고 한번 파리지엔에게 말을 붙여보라. 차라리 북극이나 네팔, 혹은 파타고니아에 있는 편이 낫지 않을까 싶다. 직접 확인해보길 바란다.

우리가 젊고 속물이던 시절부터

스파르타식 여행. 젊고 가난한 시절인 1970년대에 여행을 시작한 제임스와 나 같은 사람에게 호화 여행은 진정성에 반하는 범죄 행위다. 그보다 나쁜 건 시간 낭비다. 우리는 검소한 여행을 통해 경험의 질을 높인다. 어쩌면 우리가 너무 원기 왕성했거나, 파리의 5성급 호텔에 투숙할 만큼 노련하지 못한 탓이었을지도 모른다. 당신의 판단에 맡기겠다.

↑ 스파르타식 여행. 예전보다 훨씬 비싸다. 이 휑한 방이 하룻밤에 할인가로 115달러이다.

↑ 1975년에 묵었던 릴 거리에 있던 호텔 방은 하룻밤에 7달러였는데 조식 포함이었다. 조식 메뉴에 커피, 차, 초코 음료 중 선택이 가능했고, 그 시간에 코코아를 마시겠냐는 말을 들어본 것도 내 평생 처음이었다. 이로써 코코아가 매우 교양 있는 아침 음료라고 생각하게 되었다. 집에서는 아침에 코코아를 구경도 못 해보았으니 난 역시 교양이 부족한 미국의 시골식 가정교육을 받고 자란 사람이라고 생각하게 됐다. 프랑스에 와서 말이다.

내 방에는 비데와 세면대, 작은 수건 하나와 파몰리브 표 _{비누, 세제, 치약 등을 생산하} _{는 세계적 기업} 비누 하나가 있었다. 2005년에 우리가 묵은 호텔방에도 작은 파몰리브 비누가 있다. 그 비누 냄새, 진한 재스민 향을 덧씌운 솔향이 감도는 소독약 냄새는 하루에 10달러로 살았던 그 시절 파리를 영원히 잊지 못하게 하리라.

파리에서 한량되기

올해 파리에는 7700만 명의 관광객이 몰려들 예정이다. 약 690만 명이 에펠 탑에 오를 것이다. 성수기인 7, 8월에는 꼭대기까지 가는 데 세 시간이 걸릴 수 있다.

7700만 명이 불편함을 감수하고 모나리자를 보기 위해 루브르박물관을 찾을 것이다. 모나리자는 폭이 21인치에 불과한지라 현실적으로, 한 번에 딱 한 사람씩만 관람이 가능하다. 차례가 올 때까지 끈질긴 인내심이 필요하다는 걸 알고 파리로 오라.

1분에 108명의 관광객이 노트르담 대성당을 답답하게 통과할 것이다. 그 발자국들이 만들어낸 마모로 인해 고대의 석조 바닥에는 깊게 홈이 패이는 중이다.

그렇다, 제임스와 나는 관광객이지만 위와 같은 류의 관광객은 아니다. 우리는 포스트모던 관광객이다. 파리에서 그 말은 곧 플라너르라는 얘기다. 한량쯤 된다. 파리에서는 무수히 많은 한량들을 볼 수 있다. 경치 좋은 카페에 나른하게 앉아 있거나 아름다운 대로를 따라 정처 없이 거니는 한량들.

한량들은 아무것도 하지 않는 것을 훌륭한 일처럼 보이게 하는 행복한 소수자다. 제임스와 내가 파리에서 꼭 하고 싶었던 게 바로 이거다. 유적지, 관광지와는 거리를 둔 채, 인파를 피해 세계 챔피언 한량들 속에 섞여들기 위해 최선을 다하는 것. 우리가 파리에서 보낸 전형적인 한량의 하루를 소개할까 한다.

파리의 아침

오전 7시 7분. 에펠 탑 인근 파리 7구. 기온은 섭씨 18도에 날씨는 화창하다. 파리의 9월은 대개 시원하고 비가 자주 오지만, 올해 파리의 여름은 여느 때와 달리 길고 화창하다.

프랑스 사람들은 아침 식사를 경시하는 편이라 아침 식사에 해당하는 단어조차 없다. 프랑스 인들은 아침 식사를 '르프티데쥬네'라고 부르는데 작은 점심이라는 뜻이다. 프랑스 인들이 아침으로 즐기는 음식은 간단한 간식류가 대부분이다. 과일 한 조각, 페이스트리 한입, 에스프레소 몇 모금 정도.

그런데 프랑스 인구의 5퍼센트 정도 사람들은 와인과 함께 하루를 시작하는 오랜 관습을 고수한다. 이는 티위르베르 _{공복에 술 한잔 이란 뜻의 구어} 즉 '기생충을 죽인다'고 불리는 의식의 일종이다. 이 기생충은 프랑스 인들을 괴롭히기로 유명한 심장사상충이다. 이 치명적인 기생충을 죽이는 유일한 방법이 약간의 와인이다.

따라서 예방 차원에서 매일 아침 약이 될 만큼의 와인을 마시는 게 무병장수할 수 있는 현명한 방법이다. 건배! 파리에 있는 동안 기생충을 죽일 수 있는 적당한 카페를 고르는 일은 제임스와 내게는 중요한 결정 사항 중 하나이다.

파리에서의 사흘째 날 아침, 나는 카페 뒤 마르셰의 단골이 됐다. 차 한 잔 음미하고 있는데 한 노부인이 들어왔다. 부인은 바(Bar)의 주인 곁을 느릿느릿 지나 카운터 뒤 바구니 속에 잠든 작은 개를 안아 든다. 그러더니 개에게 입을 맞추고 구석 테이블로 데려가 무릎 위에 앉히고는 작은 잔에 담긴 에스프레소를 홀짝거린다.

브랜디가 든 작은 잔을 들고 바 앞에 선 건장한 사내들(정육점 주인이나 배관공처럼 보인다)은 요새 경제 사정이 만만찮다며 앓는 소리를 해댄다.

회사원 차림의 젊은 여성 둘이 잠깐 수다를 위해 카페에 들어왔다. 시끌벅적 손짓 몸짓을 나누더니 커피를 다 마시자 네 차례 입을 맞추고는 숨 쉴 틈도 없이 도도하게 손을 흔들며 "안녕, 또 만나!" 하고 작별 인사를 나눈다.

카페에서 엿들은 이야기들

서로 기대 앉은 캐나다 인 부부가 나른하게 에스프레소를 휘젓는다. 남편 왈, "우리는 예산을 더 잘 세워야 해. 저 아침밥이 200달러라고." 아내가 답하길, "문제는 애들이 뭐든 한 번씩 해보고 싶어 한다는 거예요." 남편이 투덜거린다. "이제 지도 보는 것도 애들한테 맡기면 안 되겠어." 아내가 말한다. "내가 입 다물고 가만있는 것만도 고마운 줄 알라고요." 잠시 고단한 침묵이 감돈다. 남편이 다시 말한다. "애들이 없으면 완전히 다른 여행이 됐을 텐데."

"난 하루를 시작하려면 정확히 와인 열두 모금이 필요해."
40대의 까무스름한 여자가 친구에게 하는 말이다.

우리는 케도르세 거리의 공원에서 1.5킬로미터 남짓 산책
을 한 뒤 그늘에 자리를 잡고 앉아 사람들을 구경했다.

"저건 우리 20년 후네."

우리는 인물 좋은 노부부를 보며 고개를 끄덕인다.

"저건 우리 20년 전이고."

우리는 세련되고 사랑스러운 보헤미안 커플을 보며 한숨을 내쉰
다. 게다가 우리의 20년 전과 비교하기엔 그들은 너무 젊다. 20년
전이면 난 서른이었다. 파리를 오가는 사이에 얼마나 세월이 흘렀는
지 잊고 말았다. 센 강변에 있노라면 처음 이곳을 찾았던 10대 때를
떠올린다. 이곳을 찾을 때마다 내겐 언제나 그 시절 10대가 남아 있
다. 파리는 자신을 찾는 모든 이들에게 그런 곳이 아닐까?

파리에서 개로 산다는 것은 행운이다. 그걸 만끽하기라도 하는 듯 비
글 한 마리가 풀밭 위를 데굴데굴 굴렀다. 비글의 이름은 베네딕트였다.

"아, 그럼요, 행복한 개죠. 별로 똑똑하지는 않지만 아주, 아주 행복하지요."

개 주인이 나에게 말한다. 파리 여행 팁 하나. 파리지엔에게 그들의 개에 대해 물어보라.
그들을 흔쾌히 대화에 끌어들이는 좋은 방법이다.

오전인데도 제법 더워져서 제임스는 입고 있던 청바지를 갈아입기로 했다. 미리 배낭 속에 반바지 한 벌을 챙겨왔다. 저기, 케도르세 거리의 공원 벤치에 속옷 차림으로 앉아 있는 남자가 바로 제임스다. 공공장소, 그것도 파리에서 바지를 벗을 수 있는 남자와 결혼했다는 사실을 난 지금에서야 알았다. 하기야 배우자에 대해 그동안 몰랐던 사실을 알게 되는 것이야말로 허니문이 아니던가?

파리에서의 복장에 대한 팁

카키 바지와 야구 모자 차림으로 파리를 활보하고 다니는 미국인들이 창피하다며 투덜대는 파리 거주 미국인들을 경계하라!

언제부터 '미국인처럼 보이는 것'이 그토록 실례가 되었단 말인가? 파리에 사는 미국인들은 체제 순응자인 파리지엔들과의 과도한 접촉을 지극히 꺼린다. 여러분이 자유분방한 여행자이자 이방인으로서 기꺼이 돈을 쓸 준비가 되어 있다면 파리지엔들 역시 기꺼이 당신을 환영해 마지않을 터이다. 당신이 입고 있는 복장이 관례인지 아닌지를 걱정할 필요가 있겠는가 말이다.

답은 이렇다. 걱정할 필요가 없다. 정말이다.

나 역시 한때는 파리의 거주민으로서, 조깅 바지 차림으로 샹젤리제를 활보하는 캘리포니아 인들과, 반바지 차림으로 루브르박물관을 당당히 돌아다니는 플로리다 인들에 대해 불만을 쏟아냈던 사람이다. 그러다 처세술에 능한 남자와 결혼했고, 그는 2001년 월드시리즈 기념 모자를 쓰고 그랑 블루바르 _{파리의 마들렌느에서 바스티유에 이르는 큰 거리들}를 거리낌 없이 돌아다녔다. 물론 잘 차려입을수록 대접받는 것은 사실이지만 그건 파리나 뉴욕이나 다를 바 없다. 예전에 뉴욕 5번가에서 5성급 호텔 안내원으로 교육을 받은 적이 있는데, 운영

진으로부터 절대 옷차림으로 고객을 판단하지 말라는 지시를 받았다. 미국에서는 억만장자 VIP도 티셔츠와 허름한 신발을 신고 다닌다.

한 프랑스 여성은 한때 파리에 오래 거주했던 에드먼드 화이트 1983년부터 파리에서 7년 정도 살았던 미국 소설가 에게 자기네 나라 사람들이 미국인들의 차림새를 경멸하는 것에 대해 이렇게 설명했다.

"파리에서는 서로가 서로를 재단해요. 정신 나간 사람이 아니고서야 미국식 스타일에 무관심한 사람은 아무도 없어요."

여기서 파리지엔에 관한 세 가지 진실을 밝혀둔다.

하나, 당신은 파리지엔이 아니며, 앞으로도 결코 파리지엔이 될 일이 없다. 그런 일로 신경 쓰지 말라. 둘째, 당신이 아무리 잘 차려입었다한들 파리지엔은 당신에 대해 알고 싶어 하지 않는다. 그러니 하던 대로 하는 게 좋다. 셋째, 파리지엔은 내심, 미친 듯이 제멋대로 인 미국인들을 미친 듯이 질투한다.

지나가는 청년을 붙잡고 상점 간판 샤유앙의 의미를 묻는다.

"샤가 고양이라는 건 알겠는데, 유앙은 뭔가요?"

청년이 영어로 답한다. "그건 밤새인데 유앙유앙 하고 웁니다." 알았다. 밤새=부엉이, 유앙=부엉이 울음소리, 즉 부엉거리는 고양이. 나름 프랑스 어가 유창하다고 하면서 어떻게 부엉거린다는 단어도 몰랐을까?

이로써 기념품 두 개를 획득한다. 새로 익힌 프랑스 어 단어 '유앙'과 프랑스 청년의 입에서 나온 귀여운 낱말, '밤새'.

길모퉁이에서 고양이 한 마리를 발견한다. 분주한 카르티에 라탱 거리에 주차된 자동차 꼭대기에 유유히 자리 잡은 녀석. 고양이는 나를 못 본 척, 쓰다듬으려고 손을 뻗을 때마다 내 손을 쳐낸다. 누가 봐도 파리 고양이다. 녀석은 고양이 애호가들의 관심을 한 몸에 받으면서도 르노 자동차 꼭대기 위 왕좌에 도도하게 앉아 움쩍도 않는다.

한 카페의 열린 문에서 오래된 재즈 선율이 흘러나오고 택시는 바단조로 경적을 울린다. 미국 택시보다는 흥미롭고 구슬픈 음이다. 스윙 톤으로 연주하는 클라리넷의 경쾌한 선율이 배경으로 깔린다. 바로 조지 거슈윈이 작곡한 파리의 미국인이라는 제목의 음시다. 음시:시적인 주제를 표현하는 관현악곡 거슈윈은 곡을 이렇게 풀이한다. "파리를 찾은 미국인이 도시를 거닐며 다양한 거리의 소음을 듣고, 프랑스의 분위기에 젖어들며 느낀 인상을 묘사하고자 했습니

다." 그때가 1928년이었다. 요즘은 멜로디는 줄고 타악기가 늘었지만(오토바이들이 죄다 날카로운 라장조로 대로 위를 포효하며 달린다), 빈둥거리고 태평스러우며 자부심 넘치는 화창한 날의 자유분방함 속에서 우리는 우리만의 산책 테마에 맞춰 방랑 중이다.

시인의 다락방,
소녀의 방,
다락방의
외국인 학생

천창 또는 현창

비평, 관점, 마음의
틀, 마음의 창 등
시적인 용도에도
활용된다.

망사르드(2중으로 경사진 지붕)를 위해 고안된 지붕창

소설가의 작업실

미래의 회고록을
위해 모든 이웃에
대해 기록 중인 일기 작가,
제2제정시대 가구로
가득한 침실에서 학교
친구들에게 긴 편지를
쓰며 고국을 그리는
오페어, 숙취를 다스리는
미혼의 실존주의자

프랑스 풍의 창문들

안쪽으로 열리는
프랑스 식,
바깥쪽으로 열리는
영국식,
단두대처럼 내리닫는
전형적인 미국식

파리의
창문들
사실과 허구

억만장자의 부인이
사랑하는 모나코의
친구, 캐롤라인과의
점심 데이트를 위해
옷을 차려입는다
(샤넬 정장, 카르티에
탱크 워치, 진홍색
루부탱 피갈레
에나멜 플랫 슈즈)

돈 많은 정부(情婦)가
경매장 대표와 홍보
관련 일을 상의하는
점심 자리를 위해
머리부터 발끝까지
스텔라 매카트니로
빼입는다.

프랑스인

영국인

알마 교에서 다이애나 비를 기억하다

영국 왕세자비 다이애나가 알마 교 아래 지하 터널에서 교통사고로 사망하고 1년 뒤, 파리 시는 그녀에게 공식 기념관을 헌정했다. 마레 지역 내 '뤼 데 블랑 망토 거리 21번지', 한 초등학교 뒤편 어린이 정원. 한 시의원의 겸연쩍은 말을 인용하면 '천 평방미터의 부추밭'. 다시 말해 초라한 텃밭인데 왕세자 비와는 어울리지 않는 기념관이다.

상관없다. 이미 다이애나의 추모객들은 스스로 기념물을 선택했으니. 1997년 8월 31일, 다이애나가 사망한 터널 입구, 알마 광장 위 자유의 횃불.

미국인

제임스는 다이애나를 이해하지 못한다. 그녀를 추모하는 사람들의 성지인 알마 광장을 방문하는 데 타당한 이유 같은 건 내게 필요치 않다. 그건 내 삶 그리고 여행의 철학일 뿐, 타당한 이유 같은 건 필요 없다. 그렇다 해도, 이런 나에게조차 파리 8구의 이 구석진 곳을 찾는 이유가 분명치 않은 건 사실이다. 사랑에 대한 왕세자비의 불행한 탐구에 내가 어떤 유대감을 느껴서? 급작스럽게 끝나버린 그녀의 삶에 대한 애도 때문에? 그녀의 영혼에게 무언가 하고 싶은 말이 있어서? 제임스는 여전히 이해하지 못한다. 나는 그에게 말한다. "그 모든 게 나의 이유예요. 타당한 이유 같은 건 필요 없어요." 충분히 적당하면 충분히 타당하다.

질문

다음 중 소설가 마르셀 프루스트의 작품
『잃어버린 시간을 찾아서』에 언급된 도로 시설물은?

A.

B.

C.

D.

E.

정답 : (A) 모리스 기둥

프루스트는 1909년에 쓴 글에서, 각종 문화 행사를 홍보하는 모리스 기둥의 화려한 포스터들을 일컬어 '나의 상상력에 바쳐지는 꿈들'이라고 묘사했다. 이러한 시설물에 이름이 있으리라고는 한 번도 생각지 못했다. 30년 내내 이렇게 설명해왔다. "있잖아, 파리의 형편없는 그림들 속에 맨날 나오는 그 키 크고 둥그런 것들! 꼭대기가 돔 모양인 커다란 통 같은 거! 길모퉁이에 있는 기둥처럼 생긴 그거! 초록색인데 청록색 같기도 한 거 말야, 알지?"

이름이 모리스 기둥이라는 걸 알았다면 내 삶이 훨씬 편했으리라.

질문

파리의 공식적인 색깔은?

마르스 광장에서

A. 일드프랑스 _{프랑스 북부의 옛 주. 현재의 파리 분지} 를 중심으로 하는 지방 의 전형적인 흐린 날 하늘 속, 우울감 없는 잿빛
B. 우아즈 강을 데우는 아침 태양과 루브르박물관 외관 석회암의 감미로운 빛깔
C. 바토무슈 유람선의 뒤를 쫓는 센 강의 변덕스러운 수면 빛깔
D. 에디트 피아프 _{20세기 프랑스 최고의 인기 가수} 의 노래가 흘러나오는 파리 지붕들의 빛깔, 망사르드 블루

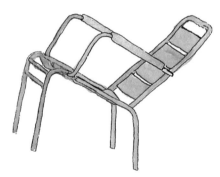

불로뉴 숲에서

정답 : 네 가지 모두. 거기에 회녹색 추가.
관습상 회녹색은 공원 벤치와 가판대, 분수와 같은 파리에 있는 거리 시설물들의 색깔이었다. 1980년대 초 도시 공공장소들에 조화를 부여하기 위해, 회녹색이라는 특정색이 모든 공공시설물의 기본색으로 지정되었다. 공식적인 색은 크롬 그린 산화물과 동청 프탈로시아닌의 혼합물로, 그 결과 벨벳처럼 부드럽고 시적인 쓸쓸함이 흠뻑 녹아든, 투박하지만 강렬한 빛깔이 탄생했다.
회녹색. 홍콩이나 리우데자네이루 등지에서는 찾아볼 수 없는 수심 어린 분위기와 자기성찰적인 특성을 파리에 부여해주는 색깔이다.

뤽상부르 정원에서

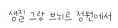

생질 그랑 브뇌르 정원에서

역대 루이 왕 요점 특강

루이 14세, 태양왕
(1638~1715)

크고 육중하며, 남성미를 지녔다. 거북딱지 무늬 베니어, 황동 상감, 조개와 사티로스, 천사와 화관 형태로 두껍게 도금한 장식들이 특징이다.

루이 15세, '내일 일은 내일의 일'
(1710~1774)

로맨틱하고 여성적이며, 미끈하게 흐르는 곡선이 특징인데 장식들이 정교하면서도 가볍고 우아하다. 큐피드, 양치기 소녀, 악기, 꽃다발 모양 장식들이 포함된다.

루이 16세, 마리 앙투아네트 남편
(1754~1793)

섬세함에서는 루이 15세와 비슷하지만 선이 더 단순하며, 고대 로마의 고전적인 건축풍을 살려 윤곽이 곧고 가늘다. 표면 장식은 많지 않으며 기둥과 항아리, 그 밖에 고아한 무늬들로 이루어져 있다.

시크함이 있는 윈도 쇼핑

시크(Chic)란 말은 프랑스 제2제정(1852~1870)기에 처음으로 사용되었다. 본뜻은 미묘함인데, 세련되고 맵시난다는 독일어 schick에서 유래했다. 또 하나의 시크는 나머지 우리들을 촌스럽게 느끼게 만들기 위해 프랑스 인들이 만들어낸 말이다. 르 피가로 지의 패션란 편집자의 조언에 따르면 에르메스 매장의 콧대 높은 판매원을 충분히 상대할 만한 자기 감각을 갖추기 전에 파리에 거처를 정하지 말라고 한다. 그러려면 나이가 마흔쯤은 되어야 한다고.

스틸레토

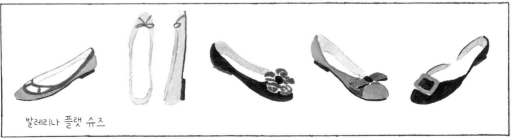

발레리나 플랫 슈즈

정오 : 점심시간

미국이라면 모퉁이 식료품점에서 '매우 아름다운 양상추'를 권유 받을 일은 결코 없다. 그런데 점심에 먹을 채소를 사려고 농산물을 살펴보는 제임스에게 주인이 특별한 상추 하나를 보여주면서 정색을 하고 말한다,

"보세요, 정말 아름다운 샐러드 상추입니다, 손님."

제임스는 아주 아름다운 상추의 진가를 알아볼 줄 아는 사람이다. 그는 채소를 생으로 먹는 걸 즐기는데, 프랑스 어에 생야채를 뜻하는 단어 크루디테crudité까지 있는 걸 보면 프랑스 인들 역시 생야채를 가볍게 여기지 않는다는 걸 알 수 있다.

그런데 이건 파리에서의 점심 소풍이라는 임무를 완수하기 위한 시작에 불과하다. 아직 다섯 번의 쇼핑 코스가 우리를 기다린다.

제 1코스 : 빵집

프랑스 어는 '집'에 해당하는 단어가 없기로 유명하다. 왜일까? 빵집이란 말은 있는데!

빵 굽는 냄새야말로 내 집 같은 편안함의 본질이다. 빵집 주인이 스토브에 불을 피울 때면, 아무리 더운 여름날이라 할지라도 그곳엔 언제나 당신의 마음을 따뜻하게 해줄 가정의 단란함이 깃들어 있다.

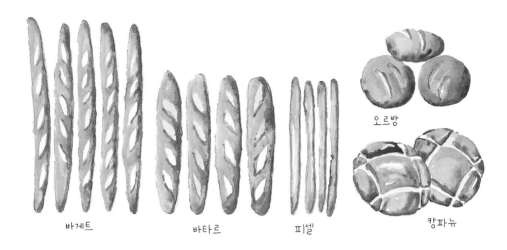

바게트   바타르   피셀   오르방   캉파뉴

빵집에 들어서면 친절하게 "안녕하세요, 손님." 하고 오로지 나만을 위한 노랫가락과도 같은 환영을 받는다. 오븐의 열기도 채 가시지 않은 크루아상이 담긴 쟁반들, 낡은 고리버들 빵바구니, 정성껏 진열된 레이스 받침들. 꼭 우리 할머니가 장식을 도맡은 것만 같다.

그리고 그날의 분위기에 따라 선택 가능한 특별 메뉴들도 즐비하다. 초코빵처럼 달콤한 빵, 백리향을 뿌린 양파 푸아스 _{고급 밀가루로 만든 비스킷의 일종} 처럼 향긋한 빵, 혹은 빵집의 스페셜 메뉴인 마음을 위로해주는 버터 맛 사블레 쿠키까지. 만일 집이 아니라면 이곳은 천국이리라.

콩플레   드 세글   쁘띠   푸가스

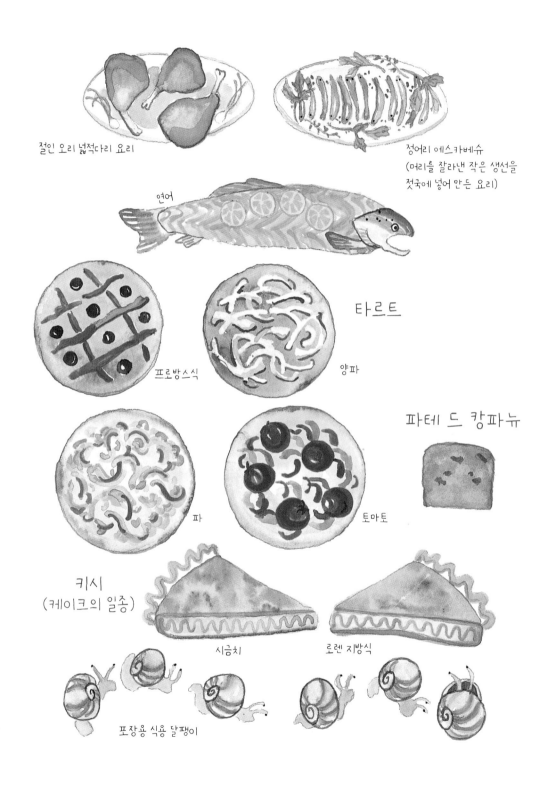

절인 오리 넓적다리 요리

정어리 에스카베슈
(머리를 잘라낸 작은 생선을
젓국에 넣어 만든 요리)

연어

타르트

프로방스식

양파

파테 드 캉파뉴

파

토마토

키시
(케이크의 일종)

시금치

로렌 지방식

포장용 식용 달팽이

제 2코스 : 반찬 가게

　제임스와 나는 다행스럽게도 뜻이 잘 맞는 편인데 한 가지만은 생각이 다르다. 바로 간이 문제다. 일상 생활에서는 간이 문제 될 게 없다. 나는 간을 먹지 않고도 몇 년 몇 개월을 아무렇지도 않게 잘 지낸다. 집에서라면야 수입산 다진 간 요리를 갖춘 고급 식료품점을 찾아보고 싶은 생각도 안 날 뿐더러, 죽처럼 죄다 으깨 놓은 고기는 피하는 편이다.

　그런데 지금 우리는 프랑스에 있고 프랑스는 내 안의 육식 본능을 해방시킨다. 나는 간 파테 *잘게 썬 고기를 양념하여 질그릇에 끓인 후 그대로 식혀서 먹는 요리* 를 먹고픈 강한 욕망을 느낀다. 소박한 주재료(돼지 간이나 거위 간)에 버터, 크림, 와인이나 브랜디 그리고 대표적인 향신료들이 추가된다.

　카트르 에피스는 네 가지 향신료라는 뜻이지만, 다진 간에 식도락의 자격을 부여하는 여섯 가지 시즈닝 즉, 후추, 고수, 육두구, 생강, 토끼풀과 올스파이스를 통칭하는 말이다. 이는 여섯 가지 향신료가 하나로 합쳐져 간의 잠재된 특유의 성질을 촉발시키는 맛의 연금술로(상록수와 파도의 비밀을 맛보는 느낌이다)나의 미뢰에 에로틱하고도 향수 어린 모험을 제공한다.

　보통 내가 견뎌내는 그 어떤 맛보다 훨씬 짓궂은 맛이다. 한 입 먹을 때마다 내가 한 번도 가져보지 못한 벨벳 드레스와 내가 꼭 외워야 할 시들과 몬태나 주 대신 일드프랑스에서 태어났더라면 누렸을 삶의 맛이 느껴진다.

　아, 난 그저 파테가 좋다.
　제임스는 고개를 내두른다.

제 3코스 : 치즈 가게

앤터니 글린의 책 『센 강』(1966)에서 생루이 섬의 치즈 판매상에 관한 표현 중에서 치즈 장수가 최고 단골 중 한 사람에게 말했다.

"제 치즈를 레모네이드와 함께 드시겠다고 고집을 부리신다면, 손님께는 치즈를 팔지 않겠습니다."

미국에는 프랑스 치즈 가게 냄새와 엇비슷한 것도 없다. 나는 그 냄새, 그 고약한 특유의 향을 간신히 참아내는 반면, 나보다 후각이 훨씬 예민한 제임스는 그 냄새가 테루아르 와인의 개성과 품질에 영향을 미치는 제반 환경으로, 기후, 토양, 지형, 채광 및 인간의 노력 등을 모두 아우르는 말. 여기에서는 와인 대신 치즈를 탄생시키는 모든 제반 환경을 가리킴 의 깊고 좋은 향이란다.

차고 습한 지하실에 며칠 혹은 몇 달간 치즈를 저장하고, 때로는 맥주나 소금물 혹은 비밀 브랜디에 매일같이 치즈를 담가가며 숙성시키는 치즈 판매상들과 제임스가 열심히 상담을 한다. 제임스는 점심에 먹을 치즈인지, 저녁에 먹을 치즈인지 질문을 받으면 반색한다. 치즈 장수는 네 시간 혹은 여덟 시간 후에 먹으면 딱 좋은 치즈를 기가 막히게 알고 있다.

브리드모, 퐁레베크, 마르아유 등의 치즈들 옆에서 나는 10분 이상 버틸 수가 없다. 가게 밖으로 뛰쳐 나와 도시의 공기와 자동차 배기가스와 개똥 냄새를 정신없이 들이마시고서야 한숨을 놓는다.

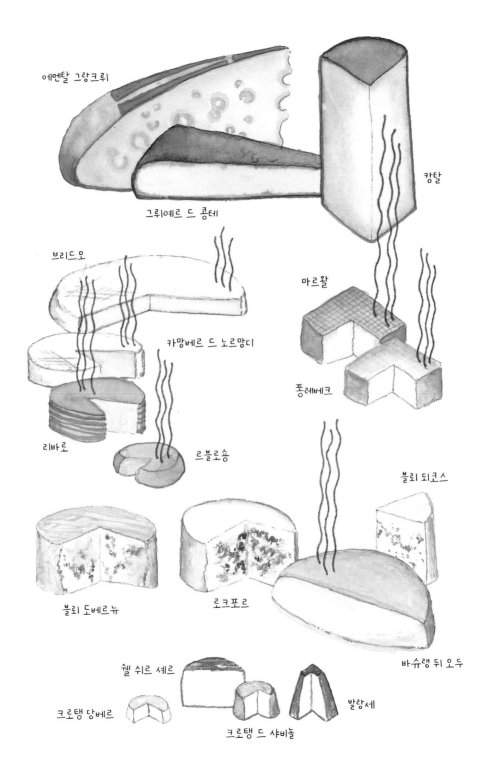

에멘탈 그랑크뤼

그뤼예르 드 콩테

캉탈

브리드오

카망베르 드 노르망디

마르왈

퐁레베크

리바로

르블로숑

블뢰 되코스

블뢰 도베르뉴

로크포르

바슈랭 뒤 오두

쉘 쉬르 셰르

크로탱 당베르

크로탱 드 샤비뇰

발랑세

제 4코스 : 제과점

이 케이크들은 크기가 작아서 사사로운 1인용 사치품으로 내놓기에 적당하다. 마치 보석 상자처럼 반짝이는 진열창에 진열되어 있다. 이 작은 저마다의 창작품들은 소망이 담긴 풍경화 혹은 은밀한 욕망의 정물화다. 케이크의 이름마저 프랑스식 하이쿠 <small>5·7·5의 3구(句) 17자(字)로 된 일본 특유의 단시</small> 같다.

밀푀유 – 천 겹의 나뭇잎 케이크

가또 오페라 – 테시투라 <small>여러 음이 어우러져 하나의 음악을 완성한다는 음악 용어</small> 를 위한 스펀지케이크와 함께하
        는 커피 버터크림과 다크 초콜릿의 아리아

에클레르 – 천둥 없는 번개. 지그재그로 된 아이싱 <small>케이크 등의 표면에 바르는 당의 장식에서 유래한 이</small>
        름이다.

프티푸르 – 작은 불들, 하나같이 끄기 힘든.

제 5코스 : 낮잠

도시락을 먹고 제임스는 잠깐 눈을 붙이려 시멘트 벤치에 눕는다. 허니문을 통해 얻은 교훈 하나 더. 내 남편은 아무데서나 잘 수 있고 그럴 의지가 있는 사람이란 것.

그가 자는 사이 나는 이런 생각들을 했다. 안내 책자에는 이곳에 앉아 있으면, 루이 14세를 위해 르 노트르 *프랑스의 건축가이자 조경가* 가 설계한 이 정원을 감탄하며 바라보게 될 거라고 나온다. 그런데 누가? 주위를 둘러보니 파리 시민들은 일광욕을 즐기고, 자녀들이 노는 모습을 지켜보고, 양복 차림으로 그늘을 성큼성큼 걸어가고 있을 뿐이다. 앉아서 감탄하며 풍경을 바라보는 사람은 한 명도 보이지 않는다.

책 읽는 사람들이 많다. 저기 저 남자가 읽는 책은 요리책? 언젠가, 런던에서 에든버러로 가는 기차에서 브레히트를 읽는 남자를 보았다. 아주 잘생긴 남자였다. 무어라 말이라도 붙여봤더라면. 하지만 브레히트를 읽는 잘생긴 남자에게 대체 무슨 말을 건넨단 말인가? 그리고 샌프란시스코로 히치하이킹을 하다 만난 남자가 있었다. 우리는 한 서점으로 갔고, 공산주의자였던 그는 『갈매기의 꿈』을 훔쳤다. 그와 나는 어렸고 어리석었다.

1975년 처음으로 이 정원에 앉아있었던 때가 생각난다. 한 학생이 내가 자신의 항의운동 잡지를 사주지 않는다고, 연대감을 보여주지 않는다며 나를 힐난했다. 황당했다. 마치 내가 그에게 4프랑을 빚지기라도 한 것처럼.

잠깐, 이곳에서 뭔가 철학적인 것을 생각해야 한다. 깊이 생각하자, 깊이! 이럴 수가. 난 한때 이곳에 살았고 파리를 집이라 불렀던 사람이다. 10년 만에 다시 돌아왔으니 생각할 거리가 아주 많겠다 생각하겠지만. 앗, 저기, 까치다!

그린 아워, 초록의 시간

그린 아워는 우리 같은 한량들이 늦은 오후, 파리 삶의 풍경을 구경하기 좋은 자리를 찾아 카페를 찾는 시간이다. 다섯 시와 일곱 시 사이는 전통적으로 사랑의 시간이다. 기혼자들에게는 포옹을 나누기 위해 달려가는 시간이자, 현대판 로미오와 줄리엣이 만나는 시간이기도 하다.

이 사랑의 시간을 그린 아워라고 하는 이유는 초록색에 대한 프랑스 인들의 애정이 그만큼 유별나기 때문이다. 프랑스 인들에게 초록색은 흥취와 활력과 욕망의 색이다. 그들은 시큼한 와인과 음탕한 이야기를 초록색이라고 부르며, 호색적인 앙리 4세를 '선량왕(Green Gallant)'이라며 아낀다.

그린 아워는 한량들이 가장 즐기는 칵테일 음료인 청자빛 환각의 술, 압생트의 빛깔을 지칭하기도 한다. 1915년에 판매가 금지되었지만 향수에 빠진 힙스터들 _{주류를 거부하고 자신들만의 고유한} _{패션과 음악, 문화 등 비주류를 추구하는 사람들} 사이에서 다시 인기를 얻으며, 압생트는 여전히 하루 중 이 시간을 물들이는 짓궂은 기억으로 남아 있다.

공공연한 오픈 공간에서도 서슴지 않는 파리지엔들의 노골적인 관심에 적응하는 데는 시간이 좀 필요하다. 누가 되었든지 간에 자기 관심에 끌리기만 한다면 남의 눈을 의식하지 않고 똑바로 바라보는 시선, 마치 루브르박물관에 전시된 작품인 양 찬찬히 살핀다. 얼굴이든, 넥타이든, 잘 매치된 한 벌의 옷이든, 혹은 아름다운 코이프 _{흰색 리넨으로 만든 꼭 맞는 모자} 든 말이다. 일부 방문객에게는 아무래도 적응되지 않는 일이다.

몹시 괴팍한 영국인 관광객인 E. V. 루카스는 이와 같은 파리지엔의 습관을 '하나의 코스이자 아니꼬운 자유'라고 묘사했다. 하지만 그런 루카스조차 그런 아워의 매력을 거부하지는 못했다. 그는 『파리의 방랑자』에서 이렇게 조언했다.

"반주를 홀짝거리고 대화를 나누며 세상을 구경하고, 맛좋은 저녁 식사를 기대하는 고요한 휴식의 특권을 만끽하라."

카페에서 엿들은 이야기

"난 예나 지금이나 늘 탐구자였어."
한 젊은 여자가 애인에게 말한다.

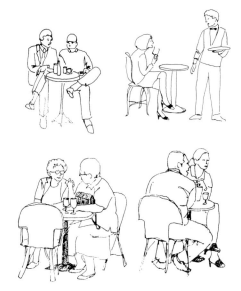

"난 불의를 혐오해."
심각한 얼굴의 한 젊은 여성이 테이블을
가득 채운, 다른 심각한 젊은이들을 향해 선
언한다. 일제히 고개를 끄덕인다.

"이슈타르보다 나빠? 워터월드보다 나쁘
냐고?"
한 젊은 영화인이 영화에 대해 따져 묻는다.

"난 녹슬거나 썩거나 죽는 건 그 어느 것도 숭배할 수 없어."
헤어스타일로 보아, 몸단장 역시 숭배하지 않는 한 남자의 말이다.

"어떤 사람들은 고의로 문제를 만들고, 어떤 사람들은 우연히 문제가 생기지."

한 노인이 일행(딸인지, 조수인지?)을 향해 말한다. 그가 말을 잇는다.

"난 고의로 문제를 만들지. 해결할 수 있는 문제."

일행이 대꾸한다.

"전 우연히 생겨요. 그게 더욱 흥미롭죠."

"난 한 번도 60킬로그램을 넘어본 적이 없어."

좀 마른 중년 여성이 깡마른 친구에게 분명하게 말한다.

파리에 궁전이라도 한 채 있다면 모를까, 여기가 최고다

시테 섬의 카페 '두 개의 궁전'에서의 늦은 오후다. 이곳은 프랑스 역사의 본거지다. 고대 파리시족 *기원전 3세기 중반부터 기원전 1세기에 갈리아 중부에 살던 켈트족 중 하나* 은 시테 섬이 흙더미에 불과하고, 센 강이 진흙투성이 해자에 불과하던 그 시절 바로 이 자리에 진을 쳤다. 두 골목 떨어진 곳, 노트르담 인근은 바로 파리의 심장, 푸앙제로다. 세계가 하나의 바퀴라면, 우리는 그 바퀴의 중심에 있다. 우리는 아르데코 풍의 바(Bar)에 있는 거울이 달린 벽을 따라 길게 이어진 닳아빠진 가죽 의자에 나란히 앉는다.

프랑스 인들은 공공장소에서는 대화를 나눌 때 목소리를 낮춘다. 그들은 카페의 작은 테이블을 사이에 두고 서로 몸을 숙인다. 때 아닌 더운 날씨 이야기를 소곤거리는 중일지 모르겠다. 이 와중에 여전히 여름 원피스 차림이 어여쁜 아가씨들에게 감사를 보낸다. 혹은 최신 법정 드라마 이야기로 수다를 떠는지도 모른다.

이곳엔 시끌벅적한 웃음은 없다. 프랑스식 농담에 큰 소리로 깔깔거리는 사람은 아무도 없다. 프랑스식 유머는 풍자적이며 종종 말장난에 불과하기에 미소면 족하리라. 눈이라도 함께 웃으면 좋으련만. 카페 안은 속닥거리는 이야기들과 열렬한 공감을 표하는 청자들로 가득하다.

"지금까진 훌륭해."

제임스가 레드 와인 잔을 들어 올리며 허니문을 축하한다.

"파리에서 우리의 마지막 밤을 위하여."

오늘 하루와 스스로에게 만족하며 내가 고개를 끄덕인다.

우리가 마시는 와인은 생테밀리옹산인데 도로에서 멀리 떨어진, 보르도의 언덕에서 발견하고픈, 숲 냄새와 안개 낀 초원의 향기가 훅 풍기는 감칠맛이 나는 레드 와인이다.

"파리에서의 우리의 마지막 밤이야!"라며 제임스가 몸을 쭉 펴며 의자에 등을 기댄다.

그의 몸짓 언어는 프랑스 인들과는 완전 딴판이다.

내가 말한다.

"최고의 순간은 아직 오지 않았어요."

어떤 연애 시에 나온 말인지, 혹은 속계를 떠난 별천지를 표현한 한 구절인지 확실치 않다. 무엇이 됐건 나에겐 딱 맞는 말이다.

빛나는 오후

추억의 파랑

7시 정각, 파리의 빛깔들

돌들의 비밀

잃어버린
발자국들의 빛

블루 아워

생루이 섬에서 늦은 오후, 그림자를 넘나들며 방랑하기

이곳은 보들레르가 외설적인 시를 쓰고 해시시 클럽 _{해시시 : 마의 잎과 꽃에서 수지를 추출하여 여러 가지 향신료}
를 배합해 초록색 잼 형태로 만든 것으로 대마초보다 훨씬 환각 효과가 강함 을 주관하며 가족의 재산을 탕진했던 곳이다.
이 특권적 섬 마을을 에워싼 담에서 우리는 강을 내려다본다.

한 남자가 자신의 선상 가옥 갑판에 앉아 석간을 읽는다. 배의 이름은 레르 블뤼. 푸르른
시간, 블루 아워다. 초저녁 햇살이 금가루처럼, 만져질 것만 같은 행복의 미진들처럼, 산들
바람을 타고 공중에 흩어진다.

저녁 식사를 하러 떠날 시간이다.

내가 맛본 첫 번째 대표적 프랑스 요리가 생각난다. 열아홉 살, 홀로 파리에 머물 때였다.

샤퀴테리 *조미한 돼지고기를 파는 식료품점* 에서 키시 로렌 *계란, 베이컨 등을 듬뿍 넣은 파이* 한 조각을 가리키며 말했다. "저거 주세요." 포장된 채로 호텔 방으로 들고 왔다. 첫입: 예상보다 물컹거림. 두 입: 크림과 소금의 묘한 조화. 세 입: 바야흐로 난 미식가다.

'나는 미식가다'라는 말은 스물두 살 되던 해, 파리에 살게 될 때까지 나의 모토였다. 나는 캐비어, 식용 달팽이, 개구리 다리, 푸아그라, 뇌, 희고 붉은 여러 가지 내장육들을 섭렵했다. 고상해지기를 포기한 나로서는 다시는 먹고 싶지 않은 음식들이다. 요즘은 나의 관심사에서 가장 동떨어진 게 고급 식당에 관한것이 아닐까 싶을 정도다. 굳이 더 관심 없는 걸 찾으라면 생판 모르는 남들의 손자손녀 자랑, 아니면 실없는 말장난 정도?

오늘 난, 내가 제일 좋아하는 요리가 소박한 그릴 치즈 샌드위치임을 당당히 인정할 수 있다. 최고의 프랑스 요리사들 중에서도 단순한 입맛을 가진 사람들이 종종 있다. 스타 요리사인 자크 페펭은 최후의 만찬으로 먹고 싶은 요리를 묻는 질문에 이렇게 답했다.

"맛좋은 빵 한 조각과 질 좋은 버터 조금이면 족합니다."

제임스가 처음으로 경험한 프랑스 요리는 일곱 살 때 집에서 어머니가 손수 요리한 개구리 다리였다. 제임스의 부모님은 프랑스 요리를 신봉하는 문화적 야심가들이었다. 아버지는 보통의 사람들에게는 똑같은 내장일 뿐인 하얀 내장과 붉은 내장의 차이를 알고 있는 분으로 새로운 음식에 도전하기를 좋아하셨단다. 그리고 어머니는 음식 솜씨가 좋으셨단다. 다만 일곱 살배기한테 개구리 다리를 먹이셨던 걸로 봐서 빼어난 요리사 수준은 아니었던 것 같다. 오늘날까지도 제임스는 접시 위에 오른 양서류의 신체 부위를 보기만 해도 몸서리를 친다.

저녁 식사 메뉴는 이렇다.

나 : 파테 드 캉파뉴
    파르망티에 샐러드(감자, 비네그레트 드레싱, 허브와 소금 후추 양념)
    꼬투리 강낭콩
    모둠 치즈
    바닐라 플랑

제임스 : 크림소스 홍합요리

염소 치즈를 곁들인 따뜻한 샐러드
연어 구이
버섯 그라탱
모둠 치즈
크렘 브륄레

   이름으로만 레스토랑을 판단한다면, '고양이의 탱고'는 딱 나와 제임스가 좋아하는 스타일의 식당이다. 빨강머리칼의 담당 웨이트리스는 젊고 성실하다. 키우는 개를 데리고 출근을 했는데, 한쪽 귀는 올라가고 다른 귀는 내려온, 털이 빳빳한 귀여운 잡종이다. 그녀는 개를 바 뒤에 앉혀 놓더니 허리에 앞치마를 휙 두르고는 주문을 받으러 와서 차렷 자세를 취한다.

   "개 이름이 뭐예요?"

   나의 물음에 웨이트리스는 차가운 눈길을 보낸다. 개 애호가, 아니면 골치 아픈 보건국 타입의 미국인인지 속으로 나를 재보는 중이다.

   "개가 참 사랑스럽네요." 하고 그녀를 안심시킨다.

   웨이트리스는 안도한다.

   "에피예요."

   우리 둘 다 고개를 돌려 한쪽 귀는 올라가고 다른 쪽 귀는 내려간, 바 뒤에서 고개만 살짝 내민 에피를 쳐다본다. 나는 팁을 후하게 주라고 제임스에게 말해둔다.

   저녁 식사를 마친 후, 우리는 센 강을 따라 황혼녘의 산책을 나갔다.

향수 레르 블뤼

　자크 겔랑은 1912년 레르 블뤼(블루 아워)라는 향수를 만들어냈을 당시 제3세대 조향사 명인이었다. 블루 아워는 하루 중 일몰과 황혼녘 사이의 시간으로, 하늘이 상층부 대기로부터 흘러온 빛으로 빛나는, 곧 다가올 밤의 구슬프고도 향수 어린 빛을 던지는 때다. 레르 블뤼는 아몬드와 바닐라, 싱싱한 재스민과 불가리아 장미 꽃가루를 향료로 하여 향기롭게 배합해, 하루 중 정확히 그 시간을 떠올리게 만들어준다.

저녁인사, 센 강의 저녁

미라보 다리에서부터 톨비악 다리까지, 파리 중심부에는 좌안에서 우안을, 혹은 우안에서 좌안을 잇는 27개의 다리가 있다. 어떤 다리는 보다 시크한 동네를 드나드는 출퇴근 차량들이 이용하고, 어떤 다리는 지상 철로의 기능을 겸하며, 어떤 다리는 관광객들을 명소에서 명소로 이동시켜주는 지름길이 되기도 한다.

1607년에 지어진, 시테 섬 끝단을 가로지르는 요새같은 퐁네프는 파리에서 가장 오래된 다리다. 퐁데자르는 1804년에 완공된 우아한 레이스 세공의 철골 구조물로 보행자 전용 다리다. 서로를 마주보고 있는 두 다리는 파리 6구의 지성주의와 파리 1구의 장엄함을 연결해주며, 퐁네프가 지닌 중세의 근엄함과 퐁데자르가 지닌 계몽주의 시대의 트레이서리 건축에서 창이나 그 밖의 개구부를 꾸미는 데 쓰는 장식 창살 는 서로 간에 반향을 불러일으킨다. 제임스와 내가 제일 가보고 싶은 곳으로 데려다주는 다리이기도 하다.

프랑스의 강

태양은 센 강 아래로 진다. 프랑스 인들은 센 강을 현인이라 일컫는다.

루아르 강-변덕스럽다
가론 강-맹렬하다
론 강-원시적이나,
　　　정복된 권력

　이들 네 강은 프랑스의 모든 강들 가운에 으뜸이며 바다로 흘러가는 거대한 대하들이다. 남쪽으로 흐르는 론 강을 제외하면 모두 서쪽으로 흐른다.

　강은 언제 대하가 되는가? 프랑스에서 이것은 철학적 문제이며, 어떤 사람들(시인들 말고 지도 제작자들과 수문학자들)은 파리를 통과해 흐르는 강은 센 강이 아니라 센 강의 방대한 지류인 욘 강이라고 주장하기도 한다.

밤, 빛의 도시에서

빛의 도시의 북극광. 9월 밤 아홉 시 정각, 태양은 지금 막 센 강 위 하늘에서 지는 중이다. 당연하다. 파리는 몬트리올보다 북쪽으로, 알류샨 열도 태평양 북부 알래스카 반도와 캄차카 반도 사이에 활 모양으로 늘어서 있는 미국령의 섬들 와 선더베이 캐나다 온타리오 주 남서부의 도시 만큼이나 북극권과 가깝다.

위도 48도선을 따라 정동 방향으로 이동하면 이 황혼을 지켜보며 플레이아데스에 대한 옛이야기를 들려주는 몽골 울란바토르의 양치기들이 있다. 플레이아데스는 별로 변한 일곱 자매로, 그들을 찾아 별자리 사이를 헤매는 잘생긴 사냥꾼과 일곱 자매의 사랑을 다룬 이야기다. 이 몽골 부족의 천문학자들이, 퐁데자르 위에서 같은 플레이아데스 성단의 도착을 지켜보는 우리를 생각할 리야 만무하다. 하지만 만일 내가 우주의 먼지로 이루어진 사랑의 포로가 된 처녀라면 이곳만큼 좋은 곳은 생각해내지 못했으리라.

퐁데자르에서 보내는 엽서

퐁데자르 위의 댄서들이라니 전혀 예상하지 못한 일이었다. 엄격히 말해서 보행자만을 위한 다리지만, 이런 특별한 밤에는 왈츠가 허용된다. 기타와 바이올린과 아코디언이 누구나 아는 곡을 연주하고, 아울러 댄서들은 4분의 3박자의 인생과 사랑에 빠져, 사방에서 빙글빙글 돌며 허공으로 솟구쳤다 미끄러지듯 나아간다. 내가 왈츠가 허용된다고 했었나? 지금과 같은 상황이라면 허용이 아니라 의무다.

댄스, 한두 번의 입맞춤, 한밤중 고요한 거리 산책, 충분한 숙면. 내일 우리는 프랑스 깊은 곳으로 떠난다.

3단계 현실 확인

길 위의 작은 요동

사랑과 여행이라는 길 위의 작은 요동

사랑에 빠진 사람들은 형편없는 내비게이터들이다. 열병이 그들을 눈멀게 하고 바보로 만든다. 실제로 과학적 연구 결과, 열병과 연관된 환희와 어리석은 헌신의 감정은 중대한 생물학적 뇌 기능, 특히 비판적 사고에 관한 기능을 억제시킨다고 한다.

> "사랑은 눈먼 것이라 연인들은 자신들이 저지르는 어리석은 짓을 알지 못해요.
> 만약 알 수 있다면 큐피드도 얼굴을 붉힐 거예요."
>
> 윌리엄 셰익스피어, 『베니스의 상인』(1596)

조만간 현실이 연애 속으로 슬금슬금 비집고 들어온다. 사소한 것들 즉 불쾌한 기분, 날카로운 말, 그는 고장 난 와플 틀 수집가이며, 그녀는 고양이를 너무 많이 키운다는 등의 차츰 드러나는 결점은 사랑하는 사람이 완벽하지 않다는 발견으로 귀결된다. 눈이 번쩍 뜨이는 일이다. 그러나 그건 나쁜 일이 아니다.

여행 초기의 어떤 시점, 일생일대의 모험을 즐기고 있다는 흥분과 더불어 여전히 들떠 있는 그때 당신은 사소한 현실과 정면충돌한다. 무례한 점원, 성가신 공무원, 언어 장벽으로 인한 사소한 실수들과 모든 것이 완벽하지 않다는 발견. 눈이 번쩍 뜨이는 일이다. 그리고 그때야말로 진정한 여행이 시작되는 때이다.

이것만은 알고 떠나자. 모든 길 위의 여행에는 비가 내리기 마련이다. 그것은 피할 수 없는 일이다. 여행길에 실제로 떨어지는 빗방울이든 아니면 감정적으로 그에 상응하는 것이든 당신의 여정에는 비 오는 날들이 있으리라. 그것은 당신이 반드시 계산에 넣어야 하는 영혼의 궂은 날들, 열병이라는 마법에서 여행자들을 깨우는 작은 실망과 사소한 사고들이다. 그래야만 실제로 그런 일이 닥쳤을 때 크게 놀라는 일 없이, 단지 우산이 없다는 이유 하나로 여행을 완전히 망치는 불상사를 막게 될 것이다.

고백할 게 하나 있다. 나는 제임스와 여행을 하면서 미미하나마 짜증스러운 점을 발견했다. 지난 며칠간 함께 파리 곳곳을 거닐기 전까지 나는 제임스가 길을 횡단하는 데 자기만의 소신이 있는 남자인 줄 꿈에도 몰랐다. 미국에서는 물론, 수많은 타국을 수년간 혼자서 다닌 나로서는 별 생각 없이 길을 건너는 게 다반사였다. 혼자서 걷다보면 한쪽 도로에서 반대쪽 도로로 건너가는 이유와 때와 방법에 대해 대화를 나눌 일이 아예 없다.

그런데 둘은 다른 문제다. 터무니없이 많은 대화가 필요해진다. 제임스는 길을 건널 때 나름의 전략이 있고, 그 전략을 나에게 꼭 가르쳐주고 싶어 하는 것 같기 때문이다. 나는 몰랐다, 길을 건너는 방식에 있어서 내가 그토록 개선이 필요한 사람인 줄을. 함께 다니는 동안 차도를 100번은 건넜는데 한쪽에서 반대쪽으로 가는 이유와 때와 방법을 두고 200번은 상의를 거쳤다.

내 연인의 결점을 발견하는 것. 허니문과 여행에서 당연한 일 아닐까?

아무리 그래도 횡단할 도로와 다가오는 차량의 속도 그리고 우리 보행의 가속도율을 삼각 측량하는 문제라면, 난 두 번 다시 상의할 생각이 없다. 앞으로는 횡단보도에선 나를 아예 모르는 사람 취급해야 하리라.

아, 그리고 제임스는 말소리가 너무 크다. 프랑스는 달콤하고 여린 소리로 말하는 나라인데 제임스는 크고 분명하게 말하기를 좋아하는 전형적인 미국인이다.

아, 그리고 제임스는 원하는 것을 솔직히 말하는 스타일이 아니라 질문의 형태로 바꿔 말하길 좋아한다. 여기서 환전해야 하나?(속뜻, 나 유로가 다 떨어지고 없는데) 다음 지하철역까지 걸어갈 거예요?(속뜻, 난 다음 지하철역까지 걸어가고 싶은데) 당신 배 안 고파요?(속뜻. 난 지금 점심 먹고 싶은데) 이건 심각한 문제가 아니며, 우리의 여행을 파멸로 몰아갈 사안은 더더욱 아니다. 게다가 나는 사랑에 빠진 사람이다.

아무리 그래도 짜증나는 건 어쩔 수 없다.

여행을 조금 덜 완벽하게 만들기 십상인 미미한 사건과 사고들

새뮤얼 존슨 박사 최초로 영어사전을 저술한 사람 는 1773년, 스코틀랜드 멀 섬을 여행하던 첫날에 자신의 현실을 확인할 수 있었다.

그와 함께 여행했던 제임스 보즈웰이 쓰기를 "그는 오늘, 더욱 심기가 불편했다. 큰 건 아니지만 손실을 입었다는 사실이 그로서는 몹시 중요했다. 내가 언급한 그 손실이란 커다란 참나무 지팡이였다."

존슨 박사가 가장 아끼는 지팡이에게 벌어진 사건이었다.

"접대에 대한 보답으로 오늘 아침 지팡이를 어떤 박물관에 기증할 생각이었는데, 그 지팡이를 그렇게 빨리 잃으리라고는 생각지 못했다."

그 후로 존슨 박사가 스코틀랜드를 탐탁스럽지 않게 여겼음은 당연한 일이다.

내 안의 진정한 프랑스 영혼을 일깨우고자 사랑하는 파리로 돌아오고 있을 때, 나는 서른이 다 된 나이였다. 정말 오랜만에 루브르를 찾았다. 나는 젠체하며 완벽한 소르본 대학생 스타일의 스카프까지 목에 둘렀다. 박물관으로 들어가는 줄은 관광객들로 가득했고, 나는 프랑스 사람인 척하느라 정신이 팔려서 매표소 직원에게 신경 쓸 여유가 없었다. 한참 리셜리에 윙으로 가던 중에 식사비와 버스비를 보함하여 그날 내 예산의 전부였던 빳빳한 100 프랑짜리 지폐가 손 빠른 매표소 직원에 의해 와인 한 잔 값밖에 안 되는 몇 프랑짜리 지폐로 교묘하게 둔갑해버렸음을 깨달았다. 내가? 거스름돈을 덜 받았다고? 루브르에서? 그 뒤로 다시는 루브르를 찾지 않았다.

납득할 수 없는 법정 공휴일이 뜬금없이 나타난다. 한 나라 전체가 명백한 이유도 없이 (물론 관광객들에게 해당하는 말이다) 문을 닫는다. 라 시요르 에 미 루나사라는 아일랜드 공휴일에 대해 내가 아는 거라고는 1985년 로스코몬의 버스 정류장 대기실에서 딱딱한 나무 벤치를 장장 여덟 시간 동안 지키고 앉아 있었다는 사실이 전부다. 반짇고리라도 챙겨 올 생각을 했더라면 오검 문자 고대 영국 및 아일랜드에서 쓰던 20자로 된 문자 나 수놓으며 시간이라도 때웠으련만. 시내에는 문을 연 가게가 하나도 없고 집 없는 방랑자가 갈 곳은 한 군데도 없었다. 그 서글픈 8월의 첫 번째 월요일에 단 한 군데도.

유명한 영국 작가인 에드워드 리어가 1848년에 그리스로 여행을 떠났다. 그런데 제대로 풀리는 일이 하나도 없었다. 그가 남긴 그리스 테살리아에서의 일화다.
"한밤중, 작고 여윈 황새 한 마리가 지붕 틈에 다리 한쪽이 끼어 빠져나가질 못했다. 지붕 위에선 엄청난 발길질과 비명이 계속되었고 밤새도록 엄청난 대소동이 이어졌다. 그것도 모자라 온몸이 흠뻑 젖은 갈까마귀 네 마리까지 굴뚝을 타고 내려와 새벽녘까지 내 몸 위를 폴짝거리며 뛰어다니고 온 방을 휘저으며 날아다녔다."
그 후, 가엾은 리어 씨는 과연 즐겁게 여행을 다녔을까?

브라질 리우에서 딱 일주일 보낸 적이 있는데 예술가들과의 소풍 같은 점심과 백만장자들 과의 아늑한 야외 저녁 식사 스케줄로 몹시 바빴다. 아파네마 비치로 나갈 시간조차 없었다. 그런데 그 유명한 해변은 늘 그자리에 배경처럼 있었고 해변의 태양 속에서 느긋하게 오후를 보낼 시간이 나에게 생기길 기다리는 듯했다. 그러다 리우에서의 마지막 이틀 동안 비가 억수같이 쏟아졌다. 상파울로에서 약속이 있었던 터라, 나는 라틴 아메리카에서 가장 유명한 모래사장에 한쪽 발을 올려볼 새도 없이 브라질을 떠나야만 했다. 리우에서 먹고 마셨던 일은 잊은 지 오래다. 지금도 잊지 못하는 건 오로지 후회뿐이다.

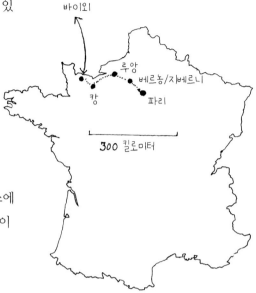

"바이외는 꼭 가야 해요."
프랑스 여행에 대해 이야기하며 내가 제임스에게 당부한 말이다. 그리고 우리가 해야할 일은 이렇다.

- 정복자라고 불리는 잉글랜드의 유일한 왕의 이야기를 되새겨보기
- 전쟁터에서 사라진 미국의 영웅들에게 경의 표하기
- 시간을 900년 되돌리기. 그런 다음 자갈길 위의 그림자들을 넘나들며 시간을 빨리 감아 현대 유럽으로 되돌아오기
- 진지하게 프랑스로의 이주를 고민하게 된다면 살 곳을 알아보기

여행의 진실

우리는 파리에서 바이외로 갔다. 혹은 우리의 여정을 다음과 같이 구체화시킬 수도 있다. 파리에서 바이외, 약 300킬로미터.

1. 파리 생라자르 역에서 통근 열차로 베르농으로
2. 버스로 베르농에서 지베르니로 갔다 다시 베르농으로
3. 장거리 열차로 베르농에서 캉으로, 루앙에서 환승

4. 시골 열차를 타고 캉에서 바이외로

혹은 파리에서 바이외로 가는 우리의 여정은 엄청나게 짜증스러운 현실의 확인이었노라고 있는 그대로 말할 수도 있다. 원래 계획은 오전에 파리를 출발해 지베르니에서 모네의 정원에 들렀다가 노르망디의 바이외로 가는 일정이었다.

"아뇨, 불가능합니다."

매표원이 시간표도 보지 않고 잘라 말한다. 그리하여 프랑스 국영 철도와 나의 전쟁이 시작된다. 내가 말한다.

"아뇨, 보세요(이 게으름뱅이, 수동공격성 별난 나폴레옹 양반아), 베르농/지베르니를 통과해 루앙으로 가는 열차, 있잖아요. 그리고 루앙에서 캉으로 간 다음 바이외로 가는 열차라니까요."

매표원은 마지못해 운행시간표를 확인하고 "글쎄요."라며 어깨를 으쓱한다. 마지못해 표 값을 받더니 베르농으로 가는 다음 열차는 두 시간 후에나 온다고 훈수를 놓는다. 두 시간 후라니! 혹시나 하는 마음에 재차 시간표를 확인한다. 세상에! 8분 후 출발하는 베르농행 열차가 있었다. 당장 여행 가방과 남편만 챙기면 탈 수가 있다. 우리는 베르농행 열차를 잡기 위해 생라자르 역을 미친 듯이 질주한다.

80분 뒤 우리는 텅 비다시피 한 베르농 마을에 도착했다. 우리와 함께 모네의 정원으로 향하는 50명의 관광객들을 빼면 인적이라곤 없다. 우릴 무시하는 역장 때문에 밖으로 나가다가 우연히 알게 된 여행 정보에 따르면, 파리에서 타고 온 열차에서 내리면 대기 중인 현지 버스와 만나 곧바로 지베르니로 향한다고 했다. 우리는 공회전 중인 버스 옆에 줄을 선 외국인들의 긴 행렬 끝에 자리를 잡았다. 버스가 지베르니행인지 확실히 아는 사람은 아무도 없다. 표지판도 없고 버스 운전사는 질문에 답하기 위해 문을 열어줄 생각이 없다. 그래서 우리는 기다린다.

결국 운전기사는 계약상 승객들을 버스에 태울 의무가 있기에, 마지못해 모두를 급하게 버스에 태운다. 그래 놓고 예정 시간보다 늦었다며 도리어 짜증을 낸다. 게다가 이렇게 더운 여름날 통풍구에서 한증막 같은 더운 바람을 마구 내뿜는데도, 나의 간청에도 불구하고 운전사는 유감스러운 일이나 어쩔 도리가 없다는 답이 전부다. 아무리 그래도 싫다, 난 창문을 열지 않으련다.

여행 팁 하나. 프랑스 인들은 외풍을 매우 싫어한다. 그 느낌을 좋아하지 않아서인데 기차나 버스에서 외국인이 창문을 열면 기꺼워하지 않는 것도 바로 그 때문이다. 모르긴 해도 지르베니행 버스 창문이 모두 닫혀 있는 까닭도 그 때문이리라. 프랑스에서 환기를 시키고자 한다면 현지인에게 욕먹을 각오를 해야 한다.

우리는 베르농에서 출발한, 움직이는 사우나에서 땀을 뻘뻘 흘리며 모네의 집에서 약간 떨어진 자갈밭 주차장에 내렸다. 제임스와 나는 바퀴 달린 가방을 끌고 성긴 돌들 위를 힘겹게 통과했다. 입구에서 입장료를 받는 지베르니의 직원은 휴대품 보관소에 우리 짐을 맡아줄 수 없다며 거절했다.

내가 간청했다.

"그럼 이 가방들을 끌고 돌아다니란 말이세요?"

득의만면한 얼굴로 직원이 나를 향해 쏘아붙였다.

"네."

마치 죽은 사향쥐 몇 마리까지 함께 끌고 다니게 만들 수만 있다면 소원이 없겠다는 듯, 내 덕에 완전 신이 난 표정이다. 할 수 없이 우리는 가방을 끌고 또 다른 자갈길을 따라 첫 번째 화단으로 향하고, 그곳에서 간이화장실 사이 후미진 구석에 가방을 숨기는 모험을 감행한다. 순식간에 짐에서 해방된 안도감에 우리는 발걸음도 가볍게 그 유명한 정원으로 들어선다. 15년 전, 이곳을 마지막으로 찾은 후 대대적인 개선 작업이 이루어졌는데, 나는 그 '개선'이 눈곱만큼도 반갑지 않았다. 산책길에 난간이라니! 흙길이었던 자리에 포장도로라니! 잔디밭을 돋보이게 해주던 공들인 화단이 있던 자리에 우거진 초목들이라니! 수련 연못에서조차 보기 흉하게 웃자란 죽순들이 시야를 가린다.

처음엔 마을을 떠나는 1시 9분 열차를 놓치지 않으려면 지베르니 투어를 서둘러야 한다고 걱정이 많았는데, 이곳에 온 지 한 시간도 되지 않아 떠날 준비를 마치고도 남는다. 우리 짐은 살아남았고(그날 우리가 거둔 최초의 승리다) 우리는 다시 베르농으로 돌아가는 바글바글한 버스에 힘겹게 올라탄다. 내가 짐을 지키고 앉는 사이, 제임스는 카페로 달려가 루앙으로 계속되는 여정에 챙겨 갈 바게트 샌드위치를 사 온다. 루앙. 오트 노르망디의 중심지이자 1431년 잔 다르크의 재판과 처형이 집행된 마을이다.

기차에서 내려 출발 전광판을 확인한다. 캉행 열차는 한 시간 반 뒤에 출발이다. 제임스는 역을 에워싼 역사 지구, 비외 마르셰 광장을 돌아보고 싶단다. 잔 다르크가 화형을 당했던 곳이다. 이제 서너 시인데 난 벌써 여행에 지쳐버렸다. 당장은 차 한 잔이 절실하다. 그래서 제임스가 유익한 시간을 보내는 동안 나는 카페에 남아 가방을 지킨다.

지베르니

정원의 걸작 −인상파의 본거지

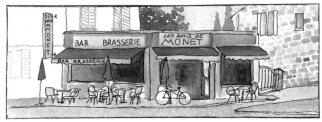

열차에서 창밖을 내다보던 클로드 모네는 아름다운 노르망디 시골 풍경에 매료되고 말았다. 그는 1883년 이곳으로 이주했고, 1926년 세상을 떠날 때까지 화가 못지않게 훌륭한 원예가로 살며 매일 꽃들에게 말을 붙이고 이름을 불러주며 인사하고, 꽃을 피우도록 구슬리며 행복한 삶을 살았다.

모네가 그린 수련화의 현재 판매가는
제곱센티미터당 3574달러
제곱인치당 23319달러!

$3,574.⁰⁰

$23,319.⁰⁰

노르망디
고마워요, 윌리엄 공

"고마워요, 노르망디 공 윌리엄. 1066년, 잉글랜드에 침략해 당신만의 노르만 왕조를 위한 왕국을 주장해주어서요. 당신의 모국어를 새로운 국민들에게 도입해주어서요. 당시 국민들은 옛 서게르만 족의 방언을 쓰고 있었지요. 우리에게 근대 영어를 선사해주어서 고마워요. 근대 영어 중 2/3는 당신의 노르만 프랑스 어에서 차용한 것이지요.

고마워요, 휴 이지니. 정복자 윌리엄과 함께 노르망디에서 잉글랜드로 와주어서요. 후일 아일랜드로 이민을 간 당신의 후손들이 성을 디즈니로 바꾸어주어서요. 월트(Walt)와 그의 마법의 왕국에 대해, 얼 J. 우스터 고교의 1973년 졸업반 학생들에게 밤샘 파티를 위한 완벽한 장소를 제공해 준 것도요."

여행 팁 하나. 눈에 들어오는 유적들을 모조리 돌아보지 않고 그냥 카페에 앉아 있고 싶어하는 마음이 든다고 그렇게 해서 죄 될 건 없다.

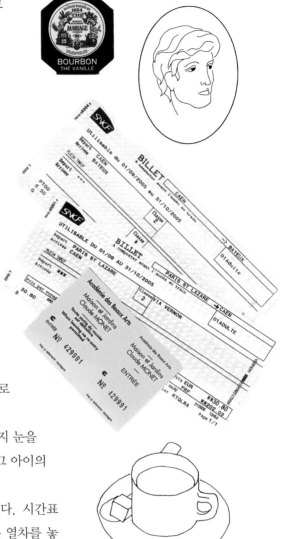

오토바이를 탄 네 명의 10대 아이들이 카페를 향해 요란하게 달려온다. 그러더니 헬멧을 벗고 머리를 마구 턴다. 아이들은 내 옆 테이블에 둘러앉는다. 콜라를 주문하고 친구들에게 전화를 걸어 놀러 가자며 약속을 잡기 시작한다.

네 명이 하나같이 준수한데, 천 년 전 프랑스 이 지역에 정착한 당당한 바이킹들의 노르만 족(고대 스칸디나비아인) 후예인 덕분인지, 아니면 그저 너무 콧대가 높아서 못생긴 녀석을 친구로 두지 않아서인지 궁금한 마음이 들 정도다.

그중 한 명은 특히 인물이 훤칠해서 도무지 눈을 뗄 수가 없다. 나를 데리러 온 제임스조차 그 아이의 아름다움을 인정해 마지않는다.

정거장으로 돌아오니, 기분이 엉망이 된다. 시간표를 잘못 읽는 바람에 우리는 캉행 4시 11분 열차를 놓쳐버렸다. 다음 열차인 완행열차가 올 때까지 30분을 때워야 한다. 이런!

캉까지는 기차로 두 시간인데 제임스가 대충 계산해보니, 만약 우리가 베르농/지베르니에서 파리로 되돌아갔다가 고속열차를 탔더라면 루앙에서 하릴없이 서너 시간을 보내는 수고는 덜었을 거라는 결론이 나온다.

"하지만 저 카페에서 말도 안 되게 잘생긴 프랑스 소년과 함께 차를 마실 일은 절대 없었

겠죠."

내가 말한다.

아, 지금이 1975년이라면, 그리고 과거의 내가 완전
히 딴사람이어서 그 얼짱 소년이 내 쪽을 힐긋 바라봐
주기만 했어도 원이 없으련만.

제임스가 대꾸한다.

"좋아요, 새로운 규칙 하나. 잘못 탄 기차란 없다."

기억하시길, 제임스는 철학 학위 소지자다.

고금을 통틀어 가장 중요한 여행 팁, 잘못 탄 기차란 없다

바이외행 열차 출발 시간이 몇 분밖에 남지 않았다. 우리는 정확한 잔돈이 필요한 플랫폼
의 자동매표기에 집어넣을 동전을 찾아 주머니 속을 마구 더듬는다. 매표기 사용법만 알아
낸다면, 빨리, 빨리. 다행히 녹슬고 낡은 바이외행 열차는 5분 연착했고, 우리는 열차가 역
을 떠나기 몇 초 전 아슬아슬하게 몸을 싣는 데 성공한다.

오후 7시 20분, 프랑스를 통틀어 내가 가장 좋아하는 마을인 바이외에 도착한다. 어느덧
길 위에서 열 시간을 보냈다. 이제 사흘 밤을 묵을 호텔만 찾으면 끝이다.

제임스는 완벽한 호텔 방을 찾아다니는 걸 즐기는 사람인지라, 제임스가 마을로 간 사이
나는 기차역에 남아 다시 한 번 가방을 지킨다.

그림자가 길게 드리워지고, 고요한 역 구내로 햇살이 진한 금빛으로 밀려드는 눈부신 늦은 오후다. 내가 보기에 바이외는 평온 그 자체다. 주차장에 주차된 차 몇 대, 공중전화 부스, 텅 빈 도로, 멀리 푸른 나무들의 전경 그리고 역과 마주한 호텔 하나. 역전 호텔이다. 산들바람을 빼면 무엇 하나 움직이지 않았다. 나는 기다리고 기다렸다. 사람 사는 마을이 이토록 고요할 수 있다는 사실이 경이롭기만 했다. 깊어가는 하늘을 가로지르며 떠가는 구름들을 지켜봤다. 지금껏 보낸 혼자만의 시간 중에서도 가장 홀로인 것만 같은 기분. 그러나 나쁜 의미는 아니었다.

고양이 한 마리가 주차장을 가로질렀다. 그 고양이는 지금도 그날의 기억 중 가장 즐거운 기억으로 남아 있다.

환언하자면, 오늘 우리는 파리에서 바이외로 갔다.

4단계 허니문 기

로맨틱이 최고조에
달했을 때의 여행

로맨틱이 최고조에 달했을 때의 여행

사랑과 여행, 이 둘은 더 모험적이고 더 열정적인 삶에 대한 은밀한 소망에서 시작한다. 그런 다음엔 사랑에 빠진다. 처음에는 열병에 시달려 아찔해진 스스로를 발견한다. 시간이 흐르고 얼마의 경험이 쌓이면서 일상의 현실을 확인하는 과정을 거친다. 상황은 삐걱거리지만, 휴! 결과는 나쁘지 않다. 이제 온갖 계획과 기대, 시운전 끝에 기쁨에 열광하던 첫걸음과 사소한 현실 확인까지 마치고 나면, 주위를 살펴볼 여유가 생기고 마침내 여행자가 된다. 콩이 콩새와 다른 것만큼 이제, 당신도 보통 사람들과 다른 존재가 된다. 마침내 허니문기로 알려진 행복이라는 보호막 속에 있게 된다. 이보다 로맨틱한 건 없다.

로맨틱한 여행이란

- 자신만의 평범함의 한계를 무너뜨리며 매일같이 새로운 경험으로 살아있는 것
- 잃어버린 영성을 새롭게 하는 것, 혹은 처음으로 그것의 의미를 찾아가는 것
- 세계 인류라는 영광스러운 공동체 속에 녹아드는 것
- 과대망상이라는 분야에 다소 과하다 싶게 빠져드는 것

여행의 진정한 스릴이 효과를 발휘하려면 며칠 혹은 수백 킬로미터쯤의 시간, 거리가 필요하다. 생각보다 그리 빨리 그 순간이 오지 않음에 놀랄 수도 있다. 그 놀라움은 거의 즉시 비행기 표를 예매하던 순간이나, 생애 첫 히치하이크를 위하여 엄지를 올리던 순간, 외국 땅에 첫발을 딛던 그 순간과 비슷할 것이다. 그러나 당신은 앞으로의 모든 날들을 가능성으로 채워줄 자유를 갓 발견하게 될 것이다. 그 자유를 차지하려 어설프게 노력하는 사기꾼 같은 기분이 들지 않으려면 다소의 시간은 필요한 법이다. 샐 파라다이스 _{잭 케루악의 소설『길 위에서』에 등장하는 젊은 작가} 는 『길 위에서』의 책 중간쯤에 이르러서야 진심으로 그것을 느꼈다.

내가 생각하는 로맨틱한 여행에 대한 최고의 인용문은 존 키츠(1795~1821)의 시다.

"나는 황금의 나라로 두루 여행을 다녔다. 훌륭한 국가와 왕국도 보았다. 수많은 서방의 섬들도 돌아보았다. 나는 마치 새로운 별이 그의 시야에 미끄러져 들어올 때의 하늘의 관측자 같은 느낌이었다. 혹은 강건한 코르테즈와 같은 느낌이었다. 그의 독수리 같은 눈이 태평양을 응시할 때, 그의 모든 부하들은 멋대로 추측하면서 서로를 지켜보고 있다. 다리엔만의 봉우리에서 고요히 침묵한 상태로."

반면에 최악의 인용문은 우리가 너무나 잘 아는 카이사르(B.C.100~B.C.44)의 말이다.

"왔노라. 보았노라. 이겼노라."

허니문 특강

미국인의 평균 허니문 기간은 8일이며, 바닷가에서 보낸다. 어떻게 아냐고? 허니문 산업은 연간 120억 달러를 긁어모으며, 매년 대규모 조사를 통해 이익 중심점을 평가하기 때문이다. 조사에 따르면 결혼한 부부의 99퍼센트는 신혼여행을 가서 로맨틱한 허니문을 위해 평균 3700달러를 소비한다. 이는 유형을 막론하고, 그 밖의 휴가에 소비하는 경비의 3배다. 10~15퍼센트의 허니문은 크루즈에서 이루어지고 크루즈를 원치 않는 신혼부부 중 75퍼센트는 관광, 레스토랑, 여흥과 밤문화를 위해 새로운 곳을 방문하고 싶다고 이야기한다.

그렇다면 그들은 그 새로운 곳을 찾아 어디로 갈까? 45퍼센트는 해변과 호숫가 리조트로, 20퍼센트는 카지노로, 10퍼센트는 골프장으로, 5퍼센트는 스키 리조트로 간다.

설문 조사에 따르면 허니문에 있어서 로맨스란 이런 것이다.

- 대형 욕조와 품격 있는 고급 식당
- 평생에 한 번뿐인 여행으로 다녀와서 이렇게 말할 수 있는 곳
  "우리가 신혼여행 가서 뭘 했는지 알아?"
- 관광 목장처럼 가벼운 모험 여행
- 호화로운 침대, 마지막은 쇼핑!

나에게 진짜 로맨스란?

허니문 통계에 뭔가 부자연스러운 점이 있는 것 같지 않은가? 신혼여행자들과 허니문 산업은 로맨스라는 단어를 마치 지도 위의 한 지점인 양, 럭셔리한 쇼핑몰과 종업원과 맛좋은 간식이 가득 들어찬 장소라도 되는 듯이 사용하는 경향이 있다. 이 조잡한 생각은(마치 로맨스가 하나의 목적지라도 되는 것처럼) 상표화 되고, 마케팅 되어 팔리는 중이다.

나에게 로맨스란 세계 어느 곳에서나-신시내티, 피지 혹은 롱아일랜드의 우리집 뒷마당에서도- 떠올릴 수 있는, 탐구적이고, 감상적이며, 낙관적인 마음의 상태다. 새 남편에게 내가 가장 의미 있다고 여기는 장소와 사물들을 보여주는 것이다. 그 장소와 사물들 중 일부가 프랑스에 있으니, 어쩔 도리가 없을 뿐이다.

뉴욕 주 허드슨 밸리에서의 일몰 이후

강이 꽁꽁 얼어붙었다. 제임스가 말한다. "들어 봐요. 얼음 소리가 들릴 테니." 2월 29일, 오묘한 날의 오묘한 소리. 어둠 속에서 갈라지고 삐걱대는, 꽁꽁 얼어붙은 썰물의 소리다. 이 분주한 작은 시골 마을의 골동품점들을 뒤지고 다니며 오후를 보낸 뒤, 우리는 조용한 휴식을 위해 물가를 찾는다. 강변은 온전히 우리 차지다. 지독히 추운 겨울밤의 끝없는 어둠 속에는 뭔지 모를 광활함과 을씨년스러움이 존재한다. 특히 이곳, 스톰킹 산이 보이는 곳에선 더욱 그렇다. 전체적인 구성상 당연히 우리는 이 풍경의 가장 보잘것없는 부분이 된다. 제임스가 외투 주머니에 손을 넣어 오팔 반지 하나를 꺼낸다. 그러곤 차가운 땅바닥에 무릎을 꿇는다.

"나랑 결혼해 줄래요?"

나는 떨고 있다. 다르질링 차로 몸을 데우고 사랑의 도피를 위한 계획을 세울, 낡은 호텔로의 짧은 산책길에 오를 것이다. 이곳은 뉴욕 주, 퍼트넘 카운티, 콜드스프링이다. 원칙적으로 로맨스는 지도상에서 찾을 수 있는 곳이 아니다. 그러나 간혹 그럴 때도 있다.

프랑스 바이외에서의 일몰 직전

프랑스의 이 지역은 전설적인 유럽 개똥지빠귀들의 대륙 내 최서단 은신처다. 우리는 왕궁 식물학자의 정원에서 나이팅게일을 기다린다. 나이팅게일은 한 번에 두 음을 노래할 수 있는데, 이를 묘사하기 위해 시인들이 2천 년에 걸쳐 노력을 기울인 바 있는 비탄의 소리다.

호머는 오직 신성한 나무숲에서만 부르는 나이팅게일의 노래를 '애가'라 칭했고, 키츠는 '나이팅게일에게'라는 시에서 '밤은 그윽하고'라고 썼다. 폴 베를렌은 나이팅게일을 '나의 첫사랑'이라고 불렀다.

추억으로 가득한 숲에서
떠오르는 달의 광휘 아래
은빛 나뭇가지들이 몸을 떠네
슬픔과 기쁨으로
나이팅게일이 노래할 때마다

오, 당신은 아름다운 새여…
나이팅게일 없는 허니문을
상상할 수 있을까?

온종일 바이외로 오느라 녹초가 됐
다. 나한테 맡겼더라면 역에서 가장 가
까운 식당 겸 여인숙에 몸을 내던지고
말았으리라.

"잠깐만, 가까운 곳에 뭔가 특별한 게
있을지 누가 알겠어?"라며 제임스는
급하게 마을로 들어갔고, 나는 기다렸
다. 40분 뒤 제임스가 함박웃음과 함께
나타났다.

"기대하시라!"

그가 잡은 숙소는 마을에서 가장 큰 저택으로, 왕실 식물학자가 혁명 발발 직전에 베르사
유에서 은퇴하며 지은, 개인 정원이 딸린 집이었다. 부르봉 왕가의 쾌락에 익숙한 구 왕실
식물학자는 자기 땅으로 북미와 인도 그리고 레반트로부터 진귀한 나무들을 공수해 왔다.
잘 보존된 이곳에서 나이팅게일이 지저귄다. 고작 62달러에 중세풍의 저택에서 호사를 누
리게 된 기분이란!

체크인을 마치고 바깥문에 달린 아주 오래된 자물쇠 사용법을 배우고 나니, 어느새 공원

으로 가는 문 앞이다. 누렁이 래브라도가 기품과는 거리가 먼 모습으로 우리를 반긴다. 세계 어딜 가나 래브라도들은 한결같다. 사람과 그 사람의 주머니 속에 있음직한 간식에 애정을 아끼지 않는 순진한 바보들.

왕실 식물학자 정원 높은 돌담 뒤편에서, 우리는 마치 다른 세기에 온 듯 고립된다. 인도 마호가니와 레바논 삼목의 따스한 그늘 속에 자리를 잡고 앉는다. 태양이 바이외 성당의 첨탑에서 은은히 빛난다. 저녁기도 시간이라 불리는 무렵이다. 호텔 주인장이라고 부르기엔 왠지 무례해 보이는 저택 귀부인이 귀띔해준다. 미리 예약을 하면 테라스로 샴페인이 제공된다고. 아, 그렇군요. 다음 기회에!

왕실 식물학자의 저택은 신대륙 출신 시골뜨기인 우리에게 아침 식사도 제공한다. 그런데 시골뜨기는 내게만 해당되는 말인 듯하다. 제임스는 저택 안에 진열된 보배들 앞에서 눈곱만큼도 위축되는 기색이 없었다. 하나하나 만져보며 곳곳을 누빈다. 서재에 꽂힌 가죽 장정의 장서들, 객실의 세브르산 도자기들. 장식장에서 와인 병을 꺼내 라벨을 살피고, 벽난로 선반에서 자질구레한 실내장식품을 집어 본다.

"어머니도 이런 비취 제품을 수집하셨는데." 중국풍 골동품을 살펴보며 제임스가 말한다. 붉은 벨벳의 루이 16세 의자와 도금한 르로이 시계가 제자리를 찾은 듯한 이곳에서, 나의 남편이 제집인 양 편안해하는 모습이 난 그저 놀랍기만 하다. 내가 어떻게 이런 사람과 결혼을?

여행 팁 하나, '인 시투 in situ'라는 말이 있다. '원위치에'라는 뜻이다. 우리는 우리 자신을 인 시투 즉, 우리가 속한 곳에 돌려놓기 위해 여행을 떠난다. 잘못 태어난 것 같다는 느낌은 아주 오래되고 보편적인 경험으로, 나는 그것이 인간 DNA의 일부가 아닐까 의심스럽다. 인간은 왜 타고난 방랑자일까 하는 점이 의심스러운 것도 그 때문이다. 한 번쯤은 나 자신을 인식할 수 있는 곳을 찾기 위해 여행을 한다. 외국에서 느낀 뜻밖의 친근함에 가슴 철렁한 적이 있었나 잘 생각해보라. 당신이 원위치에 와 있는지 알아내는 방법이다.

좋다, 인정하겠다. 고급 B&B에 묵는 것은 확실히 로맨틱하다. 원래의 제자리를 찾은 누군가의 골동품들에 에워싸여 있으니 나 역시 황홀하다.

아침 식사 시간에 우리는 알래스카 앵커리지에서 온 투숙객 다섯 식구를 만났다. 세상 참 좁기도 하지. 그들로부터 마을 남쪽에 있는 내 모교인 고등학교가 작년에 헐리고 새로 지어졌다는 말을 들었다. 수리하는 것보다 더 싸게 먹혔다고. 겨우 35년 된 학교였는데. 마흔아홉 번째 주에서 골동품은 설 자리가 없는가 보다.

젊은 배낭여행자들에게 인기 있는 한 여행 가이드북에는 바이외의 시립박물관인 바롱 제라르 박물관이 지방 가문들이 기부한 도자기들과 레이스가 뒤죽박죽 전시된 다소 따분한 곳으로 묘사되어 있다. 정확히 맞는 표현이며, 정확히 그 이유 때문에 난 스무 살 때부터 그곳을 아주 좋아했다. 난 조숙하게도 따분함을 감상할 줄 아는 사람이었다.

나는 특별히 변두리 관광명소들을 아끼는 편인데 그곳이 3급 고물들, 깨진 요강이나 털이 빠지기 시작한 박제 등으로 이루어진 '박물관'이라면 더더욱 그렇다.

나의 새 남편은 취향이 사뭇 다르다. 내가 박물관에 새로 들어온 오래된 자물쇠들, 고대 로마산일 법한 못 몇 개를 구경하는 사이, 제임스는 영국군 묘지 쪽을 거닌다.

"이 박물관이 길 건너편에 있고, 원래 이 자리에는 오래된 레이스 짜는 학교였던 때가 생각나요."

내가 입장료를 받는 안내원에게 말한다. 조용한 곳이다 보니 내 목소리가 유독 크게 들린다. 건물 안에 사람이라곤 그녀와 나뿐이다.

프랑스, 20와트 전구의 나라.
제임스가 전형적인 프랑스 침실등을 이용해 책을 보는 기술을 선보인다.

　유일한 손님에 반가운 눈치라, 잠시 그 자리에서 잡담을 나눈다. 우리 둘 다 오래 전 1970년대의 이 마을을 기억한다. 그 시절에는 유명한 바이외 태피스트리 ^{다채로운 선염색사로 그림을 짜넣은 직물} 가 20세기마저 비켜간, 낡은 연무장의 온갖 매력을 간직한 커다란 2층 전시실에 걸려 있었다. 그러다 1983년, 이 태피스트리는 말쑥한 단독형 새 박물관으로 자리를 옮겼다. 지금은 도로 아래쪽에 명암과 실내 온도가 조절되는 관광 명소 안에 전시되어 있다. 뒤이어 레이스 짜는 사람들이 모두 떠났고 학교가 텅 비면서, 그 흔적을 메우고자 박물관이 이곳으로 옮겨졌다.

　나는 내가 아끼는 곳들이 개선되는 게 싫다. 안내원이 어깨를 으쓱하며 한 마디 한다.

　"뭐 어쩌겠어요?"

　세상 풍조를 거스를 수는 없는 법인가 보다.

바이외 태피스트리 특강

　전설에 따르면, 바이외 태피스트리는 1070년경 정복자 윌리엄의 아내인 마틸드 왕비에 의해 제작된 노르만 족의 문서다. 리넨에 소모사 모직으로 수를 놓았으며, 길이가 70미터에 달한다. 글을 모르는 대중들에게 영국인에 대한 노르만 정복의 정당성을 교육하기 위한 그림 이야기이다. 이 태피스트리에는 총 58개의 장면에 노르망디와 잉글랜드에서의 여행, 순례, 연회 및 전쟁의 모습을 담고 있으며, 남자 623명(난쟁이 1명), 여자 2명, 말 202마리, 개 55마리 및 기타 다양한 종류의 동물들 505마리와 더불어 건물 37채, 전함 41척, 나무 49그루와 혜성 1개가 등장한다.

　나라면 루브르를 다 주고라도 이 태피스트리를 차지하겠다. 나는 열 살 때 노르만 정복 900주년을 기념하는 1966년판 내셔널 지오그래픽 지에 실린 사진을 통해서 바이외 태피스트리를 처음 봤다. 당시 잉글랜드에 대해 아는 거라곤 비틀즈가 전부였다. 노르만 족은 고사하고 프랑스도 들어본 일이 없었다. 그리고 자수에 대해 아는 거라고는 지긋지긋한 십자뜨기가 전부였다. 여덟 살 생일에 할머니한테 반짇고리를 선물로 받고 억지로 십자뜨기를 했는데 두 번 다시는 안 한다고 맹세했었다.

　그런데 세상에나, 이 태피스트리는 바느질로 만든 놀라운 작품이고 예술이다. 그것도 내가 상상조차 해본 적 없는 엄청난 규모의. 그리고 거의 40년이 흐른 지금, 나는 내가 가장 소중히 여기는 예술적 가치를 바로 이 리넨 조각으로부터 배웠노라고 말해도 좋다.

　핼리혜성이 1066년 3월, 프랑스와 잉글랜드의 하늘 위를 지나갔다. 이 태피스트리에는 그것이 하나의 징조로 등장하는데, ISTI MIRANT STELLA라고 수놓아져 있다.

　바이외 태피스트리를 보여주기 위해 제임스를 인도하는 나의 마음이 떨려 온다. 내가 이토록 열렬히 좋아하니 남편도 좋아해주기를.

우리는 서둘러 기념품점을 지나 나이가 지긋한 영국인 관광객들로 가득한 버스 앞, 미술관 안으로 달린다. 내가 예술로 규정하는 작품들과 대면하자 나는 신이 나서 제임스에게 안내를 자청한다. 최고의 장면들, 가장 아름답게 수놓아진 삽화들, 내가 가장 좋아하는 인물들을 하나하나 손으로 가리키며 입이 닳도록 설명한다.

"마음에 들어요?" 하고 제임스에게 묻는다.

"여보, 당신이 좋아하는 건 나도 다 좋아요." 그가 답한다.

제임스와 20대에 결혼하지 않았으니 망정이지. 내가 그레이트풀 데드 _{미국의 록그룹} 에게 느끼는 감정과 정확히 일치한다. 그 당시 내가 생각하는 진정한 사랑에는 이런 류의 자율성은 머리를 들이밀 수조차 없었다.

그리하여 제임스는 남은 하루를 보내기 위해 자전거를 빌리고, 그동안 나는 프랑스에서 내가 제일 좋아하는 마을의 뒷골목을 거닌다. 나는 바이외 태피스트리 바느질 상자를 팔고 있는 자수 작업실을 찾는다.

주인이 나에게 말한다. "최고의 고객은 영국 독신남들이에요. 그런데 프랑스 독신남들은 작은 장면은 싫어해요. 항상 대형 전투 장면만 원하죠."

나도 20년 전 엄마한테 받은 반짇고리로 바이외 태피스트리의 상당 부분을 바느질해본 경험이 있다. 나는 당시에는 일반적이었던 벌키 사 _{특수한 합성섬유의 하나} 를 사용했다.

"아, 그럼 새 실을 보셔야 해요!" 주인의 말에, 우리 두 재봉사는 함께 새 푼사를 살피고, 갖가지 채소들로 물들인 실을 고르고, 신세대 태피스트리 애호가들을 위해 요즘에 나오는 섬세하고도 비단 같은, 원래 태피스트리에 쓰인 실이 되살아난 듯한 놀라운 털실의 느낌에 대해 이야기를 나눈다.

지금껏 내가 살아오면서 나누었던 최고의 대화 중 하나다.

다음 생애가 있다면 바이외 중심가에 자리를 얻어 느린정보협회를 만들고 거기에 나의 자수 작업실을 한 켠에 꾸밀 거다. 그밖에도 편지 쓰는 법, 듣는 법, 미니 초상화 그리는 법, 한 번에 한 가지만 하는 기술도 가르칠 거다.

바이외 태피스트리는 영국 역사의 추세를 바꾸어 놓은 앵글로 노르만 왕조의 탄생에 대한 이야기를 들려준다. 그래서 영국인들은 이걸 보기 위해 떼 지어 바이외로 몰려온다. 얼마나 다행스러운 일인가. 바이외는 당신이 마음 놓고, 훌륭한 차 한 잔을 살 수 있는 프랑스의 유일한 마을이다.

늦은 오후, 영국인에게 어울리는 차 한 잔과 함께 프랑스 찻집의 테라스에 앉아있으니 그야말로 일거양득이다. 나는 아삼차를 선호하지만, 여기 메뉴에 있는 것들은 하나같이 구미가 당긴다.

1885년 열네 명의 자녀를 둔 어머니이자 리크자수협회의 주요 회원인 엘리자베스 와들은 바이외 태피스트리를 프랑스라는 나라만 누려서는 안 된다고 생각했다. 그녀는 '영국도 복제본을 소유해야 한다'고 선언하며, 이 중세의 걸작을 복제하는 데 필요한 재료와 인력을 모으기 시작했다. 그녀는 뜻을 같이하는, 열성적인 아마추어 자수업자인 35명의 귀부인들과 함께 손염색 양모 100파운드와 250야드의 리넨을 모았으며, 시작한 지 1년 만에 똑같은 크기에 똑같은 색으로 바이외 태피스트리(음란한 부분들은 제외하고)을 복제해내는 데 성공했다. 이 태피스트리는 현재 영국 런던의 레딩 뮤지엄에 전시되어 있다.

앵글로색슨 족의 대단한 체력과 지나친 사명감이란!

아, 나는 빅토리아 시대인들을 사랑한다.

위 그림은 오르 강에서 발원하여 비르 강을 이루고 영국 해병으로 흘러들어가는 바이외 운하다. 지금 이 순간에도 사람들은 열기구, 외륜선, 중항공기, 1인승 호버크래프트, 인력 비행기, 수륙양용차, 수중익선, 수상스키, 헬륨 풍선 한 다발, 이것들 중 하나를 이용해서 또는 직접 수영을 해서 영국 해협을 건너고 있을 것이다.

그러나 에스파냐 무적함대(1588년)도 나폴레옹 보나파르트(1803~814)도 실패했다. 지금 껏 두 침략군만이 영국 해협을 건너는 데 성공했다.

첫 번째는 1066년 9월 28일, 노르망디 공작이었던 윌리엄의 군대였다. 그의 5천 병사는 색슨 족 왕의 부대를 물리치고 오늘날 그 후손들이 여전히 권력을 유지 중인 앵글로-프랑 스 왕조를 탄생시켰다.

두 번째는 1944년 6월 6일, 미국과 대영제국, 캐나다(오스트리아, 벨기에, 체코슬로바키 아, 그리스, 네덜란드, 뉴질랜드, 노르웨이 및 폴란드 군대와 더불어) 연합군이 오버로드 작 전으로 알려진 역사상 가장 거대한 병력 및 물자의 이동을 통해 노르망디에 상륙했다.

하루 끝에서의 기록

여행사는 여섯 시에 문을 닫고 박물관은 일곱 시에 불을 끈다. 관광버스들은 마을 밖으로 빠지고, 파리에서 온 당일치기 관광객들은 기차역으로, 영국에서 온 휴가객들은 영불 해저터널로 향한다. 기념품점들도 셔터를 내린다. 텅 빈 도로, 말끔한 인도, 주위는 고요함. 유스호스텔에 묵는 20대 무렵의 배낭여행자들이 바이외는 밤이 되면 할 게 하나도 없다고 투덜거리는 때가 바로 지금이다. 완벽하다.

9시 15분, 어둠이 내려앉기 시작한다. 일몰은 핑크와 인디고의 고딕풍 조합이다.

어떻게 이런 일이. 이 황홀한 성당 전망과 함께하는, 하나뿐인 레스토랑에 우리가 유일한 손님이라니? 제임스는 홍합찜, 나는 계란 프라이를 얹은 피자를 주문한다.

텅 빈 거리 건너편에 한 젊은 커플이 손을 잡고 지나간다. 커플 몇 발자국 뒤에서 희미한 가로등 속을 소리 없이 걸어가는 주황색 얼룩고양이 한 마리가 보인다.

밤술 한 잔으로 사과 브랜디와 샴보드를 두고 한창 실랑이를 벌이는데, 아까 그 커플이 산책을 마치고 되돌아온다. 그 뒤를 그 주황색 얼룩 고양이가 따른다.

나는 주인에게 묻는다. 주인이 답하길,

"아, 네, 그 고양이 잘 알죠. 주인이 밤마다 데리고 산책시켜요."

코스모스 속의 나

노르망디 전투 이후 60년이 지난 지금은 그다지 치명적으로 보이진 않는다. 로마 시대 이후 이곳 농부들은 이 토루 관목들로 뒤덮인 거대한 흙더미 를 목장과 들판의 경계로 사용해왔다. 생울타리라고 불리는 수천 개에 달하는 높이 치솟은 이 제방은 히틀러 점령군에게 최적의 방어 지형으로 이용됐고, D-Day에 해변을 벗어나고자 분투하는 미군 제1군을 상대로 유리한 위치를 점했다.

아래는 1944년 미 육군 정보부가 제작하고, 제2차 세계대전 당시 프랑스 침략과 해방에 참여한 병사들에게 배포된 포켓용 프랑스 지침서의 내용인데, 프랑스 인들의 국민성을 이내 발견할 수 있는 특징들 6가지이다.

1. 프랑스 인들은 명민하다.

2. 빈부를 막론하고 알뜰하다. 나치 점령 이후, 프랑스 내 수천 가구가 얼마 되지 않는 저축으로 생계를 이어갔다.

3. 프랑스 인들은 자칭 현실적이다. 우리 식으로 하자면 건전한 상식을 지녔다.

4. 계층을 막론하고 문명 생활 속에서 전통적으로 중요한 가치를 존중한다. 종교와 예술적인 발상을 존중한다. 또한 공공재산과 사유재산을 전적으로 존중한다.

5. 개인주의자들이다. 고등학교에서 불어II를 배웠다고 섣불리 현지인들 토론에 끼어들지 말라. 프랑스 국내 문제와 관련한 그 어떤 토론이라도 당신의 목소리는 애초에 묻혀버리든지, 혹은 어느 틈에 격론에 휘말리고 말았음을 깨닫게 될 것이다.

6. 프랑스 인들은 좌담에 능하며 요리 솜씨가 훌륭하다. 좌담에 능한 이들이 대부분 그렇듯 프랑스 인들은 공손하다. 예의상 주고받는 말(부디, 감사합니다 등)은 프랑스 아이들이 맨 처음 배우는 말이다.

존, 조지, 폴,
링고와 제임스

　스코틀랜드 이민자의 아들인 제임스 알렉산더 몰리는 1911년 뉴욕에서 태어났다. 다섯 살에 고아가 되었고, 그 후 브루클린 성 조셉 소년의 집으로 보내졌다. 6년 뒤인 1922년 자선기금으로 마련된 뱃삯으로 스코틀랜드의 글래스고로 건너가 외할머니와 함께 살았다.

　20년 후 미국이 히틀러에게 전쟁을 선포하고 스코틀랜드 그리노치 항을 통해 미군이 영국으로 쏟아져 들어오기 시작하자, 제임스는 미국인 신분을 되찾겠다고 나섰다. 6개월간 불필요한 서류들과 싸운 끝에 미군 제29보병사단으로 입대가 허락되었다. 당시 그는 32세였고 행정병의 철자 오류로 인해, 제임스 몰리(Molloy)는 제임스 말로이(Malloy)가 되었다.

　D-Day에 29사단병들은 선두에서 오마하 비치를 쳤고, 제임스 말로이는 1944년 6월 7일 12시 30분 세 번째 진격에서 175보병대와 함께 진입했다. 175보병대는 열흘간 악랄한 독일군의 역습에 맞서 싸웠고, 목표 지점인 퍼플 하트 고지까지 500여 미터를 남겨 두고 독일군 저격수가 쏜 총알이 제임스 말로이의 심장을 관통했다.

　글래스고에 남아있던 제임스 말로이의 스코틀랜드 출신 미망인과 열네 살 된 아들 조셉 몰리는 29사단 전우들의 후원으로 뉴욕으로 이주했고, 1946년 그곳에서 미국인으로 새 삶을 시작했다. 그의 아들 조셉 몰리는 한국전쟁의 자랑스러운 참전 용사이며 현재 롱아일랜드에 살고 있다. 그는 나의 이웃이다.

제임스 알렉산더 말로이
1911년 4월 13일~1944년 6월 16일
여러분도 그의 이름을 기억해주었으면 싶다.

외경스러운 풍경

오마하 비치라고 부르는 이곳에
상륙한 연합군이 유럽을 해방시켰다.
1944년 6월 6일

얼마나 많은 조수가 이 해안을 왔다갔을까? 이곳에 서서 우리는 가만히 생각해본다. 그리고 그 6월의 아침, 피에 흠뻑 젖은 파도에는 어떤 지옥이 씻기었을까? 매슈 아널드 _{빅토리아 시대} _{의 비평가} 는 1852년, 이 똑같은 수역을 들여다보며 광대하고 무정한 바다에서 인간사의 미약함을 보고 '인생고의 혼탁한 밀물과 썰물'이라고 기록했다.

그는 부서지는 파도 속에서 '슬픔의 영원한 음조'를 들었다.

우리 역시 들었다.

파도가 신성한 땅 위로 부서진다.

오마하 비치의 노르망디 미국인 공동묘지

전쟁에 휘말린 해변, 자유로 가는 입구,
영원히 거룩하리. 숭고한 목표로,
우리 동포의 용맹과 희생으로

1994년 D-Day 50주년 기념 추도식에서 생로의 주교는 이렇게 말했다.
우리에게 와, 이곳에 남은 이 미국의 아들들은 또한 우리의 아들이 되었노라고.

J 블록 24열 23번 묘. 이탈리아 산 대리석, 노르망디 전투에서 전사한 다른 모든 9386개
의 묘비와 마찬가지로 그의 묘 역시 미국이 있는 서쪽을 바라본다. 제임스 알렉산더 말로
이, 육군 일병, 29보병사단, 175보병대. 오마하 비치 노르망디 미국인 공동묘지에 묻힌 유
일한 스코틀랜드 병사.

노르망디에는 26개의 2차 세계대전 참전자 묘지가 있는데 묘지의 국적은 영국 16, 폴란드 1, 캐나다 2, 프랑스 1, 미국 2, 독일 4. 영국군 묘지에는 다음과 같은 글이 새겨져있다.

'윌리엄에게 정복되었던 우리,
이제 그 정복자의 나라를 해방시키다.'

오마하 비치에서 바이외로 돌아가는 버스를 기다리는 사람이 우리 말고도 다섯 명이 더 있었다. 캐나다 출신의 배낭여행객 한 명과, 오클라호마에서 온 엄마, 아빠, 10대 아들 둘의 가족. 이 가족은 다들 한덩치한다. 오클라호마 가족은 2주 동안 유럽 자동차 투어 중이란다. "로마에서 루르드까지 하루 만에 왔어요. 여기에서는 차에서 내려 하루 쉬는 중이죠. 지금 버스를 기다리는 것도 그 때문이고요." 그들은 내일 귀국행 비행기를 타기 전, 파리에서 하루를 보내기 위해 노르망디를 떠난다. 프랑스에서 또 무얼 봤냐고 물었다.

"대부분 가톨릭 성지들이지요." 하고 그들이 대답한다.

캐나다 여행객도 파리에서 하루를 보낼 거란다. 그가 파리에서 가보고 싶은 곳은 딱 두 군데다. 루브르박물관과 짐 모리슨 도어스의 리드 싱어인 미국의 가수이자 시인, 작곡가, 작가, 영화감독 짐 모리슨의 묘가 있는 페르라쉐즈 공동묘지. 그는 오클라호마에서 온 두 10대들과 별반 나이 차가 나 보이지 않았다. "리자드 킹 고전 명작게임 던전앤드래곤의 한 캐릭터이자. 짐 모리슨의 별명도 잘 모를 나이 아닌가!" 하고 내가 감탄하며 외친다.

"전 클래식 록을 즐겨 들어요."하고 그가 말했다.

오클라호마 가족이 되묻는다.

"짐 모리슨이 누구죠?"

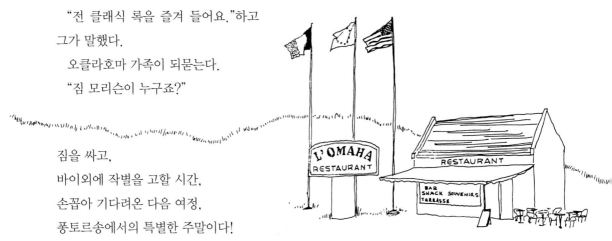

짐을 싸고,
바이외에 작별을 고할 시간,
손꼽아 기다려온 다음 여정,
퐁토르송에서의 특별한 주말이다!

기차를 기다리는 동안 할 일

프랭크 태첼은 『행복한 여행자』(1923)에서 이렇게 말했다.

"기차를 기다려야만 할 때, 나는 우리 언어 속 매우 풍부한 집합명사들을 줄줄이 써보며 즐거운 시간을 보낸다. 이를테면 사냥개 떼, 물고기 떼, 종소리와 같은. 백여 개는 되는 듯한데, 나는 50개나 60개 이상은 잘 생각이 나지 않는다."

기차역에서 명상하려거든 다음을 명심하라.

1. 앉거나 서서 느긋이 쉬어라.
2. 지금 기차를 기다리는 중임을 명심하라.
3. 기차를 기다리고 있다는 체험에 집중하라.
4. 사과 주스를 병째 들이켜고 토마토를 먹으며, 나보다 기차를 기다려 본 경험이 훨씬 많은 배우자에게는 집중하지 말라.

첫 데이트에서 제임스는 세상에서 가장 갖고 싶은 게 가명이라고 했다. 그가 최근에 지은 가명들을 알려주곤 하는데 이제 노르만-프랑스 어로 된 후보들도 생겼다. 에르완, 마농, 루카스, 테오(이 지방에서 가장 인기 있는 사내아이 이름), 파이어, 클로비스, 로우, 아달리크(별로 인기 없는 이름).

짠~, 완벽한 노르망디 이름이 탄생했다. 탕크레드 앙귀에랑 기욤.

잠시 제임스와 돈에 대한 언쟁이 있었다. 주말까지 쓸 수 있는 현금이 80유로가 전부라는 그의 말에 나는 조바심이 나기 시작한다. 우린 워낙 뜻이 잘 맞아서 별로 싸울 일이 없다. 고함을 치지 않고 의견 차이를 이겨낼 만큼 연륜도 있다. 그런데 제임스는 자기가 돈 관리를 하고 싶다고 했고, 현금의 양을 제한하는 게 돈을 덜 쓰는 비결이라며 한 번에 200달러씩만 환전하는 걸 고집한다. 나는 제임스에게, 집에서는 간접비용이 길 위에서는 경비가 되는 게 여행의 불편한 진실이라고 경고한 뒤 이렇게 덧붙인다.

"퐁토르송에서 은행 문이 열려 있기를 바라는 게 좋을 거예요."

베스트셀러 가이드북에는 퐁토르송이 별게 없다는 것 자체로 머무를 이유가 있는 곳으로 소개되어 있다. 여행자들에게 퐁토르송은 건너뛰어도 별 손해볼 것 없는 곳이다. 그렇다 보니 그 유명한 몽생미셸 성당에서 6킬로미터 정도 떨어진 가깝고, 인구 4천여명의 꽤 큰 마을이다. 그러나 세계의 불가사의 중 하나를 찾아 로맨틱한 주말을 보내려는 연중 3백만명의 관광객들의 중간 기착지가 되지 못하는 실정이다.

그리고 그것이야말로 이곳을 찾게 되는 최고의 이유다. 나는 다시 이곳을 찾아, 처음 봤

을 때와 똑같이 사랑의 포로가 된 방랑자로서 이 마을을 만끽하게 될 그날을 30년 간 학수고대해왔다. "그대 다시는 고향에 가지 못하리"라는 유명한 속담이 있다. 당신은 다시 퐁토르송을 찾을 수 있을까?

퐁토르송의 퐁(Pont)은 다리라는 뜻이고 오송(Orson)은 1031년에 이 다리를 지은 사람의 이름이다. 오송의 다리는 노르망디와 브르타뉴 지방의 전통적인 경계인 마을 외곽을 흐르는 쿠에농 강을 가로지른다. 영국 왕이 되기 전, 정복자 윌리엄은 자신의 공국 중 최변방 지역을 점검하기 위해 퐁토르송으로 여행을 떠났다. 이곳에서의 그의 모험담은 바이외 태피스트리에도 등장한다. 벽지 마을치고는 그리 나쁘지 않다.

29세의 귀스타브 플로베르는 노르망디 지방의 무미건조한 삶에 대한 고전 소설인 『보바리 부인』을 쓰게 된 동기에 대해 이렇게 말했다.

"내 젊음은 생의 남은 날을 채우고도 남을 지루함이라는 마취제로 나를 흠뻑 적셨다."

1821년, 오트노르망디의 루앙에서 태어난 플로베르는 아홉 살에 이미, 사방이 온통 부모님의 동네 친구들뿐인 촌동네에 사는 것에 불평을 쏟아냈고 그 모든 걸 글로 남겼다. 스무 살에 자전적 소설의 초안을 완성했고 한 해 중 가장 황량하고 외로운 달의 이름을 딴, 11월이라는 제목을 붙였다. 스물두 살 때 그는 친구에게 편지를 썼다. "난 그걸 혐오해, 경멸한다고. 오, 아틸라, 다정한 박애주의자여, 40만 대군을 이끌고, 이 바지 끈과 멜빵의 땅에 불을 지르기 위해 언제 돌아올 텐가?"

스물다섯 살에도 그는 여전히 벽지 생활에 탄식하고 있었다.

"오, 그 마음, 짐을 싸서 떠나버리고픈, 이곳의 나를 에워싼 모든 것들, 나를 압박하는 모든 것들로부터 떨어진 머나먼 곳으로 가고픈 내 마음을 자네가 안다면!"

20대 초반에 나는 미국 변두리의 플로베르였다. 나 역시 따분한 삶과 나를 둘러싼 평범하기 그지없는 문화로부터 탈출하여 모험과 자유를 원했다. 바지 끈과 멜빵 대신 통굽 구두와 파라 포렛 식 헤어스타일이랄까!

나는 프랑스로, 플로베르의 뒷마당으로 갔다. 그리고 노르망디의 바로 그 평범함과 사랑에 빠졌는데, 나에게는 아주 유쾌한, 평범함의 극치로 다가왔다.

1976년 7월 12일. 내가 처음 퐁토르송을 방문한 날이며, 프랑스 히치하이크 여정의 절반인 58일째 되던 날이다. 애초에 스케치북을 챙겨오지 않았고, 여태껏 그 무엇도 그리고 싶은 마음이 들지 않았다. 가진 건 줄무늬 편지지 몇 장과 볼펜 하나뿐. 나는 스무 살이었다. 위 그림을 굳이 제목을 정하자면 '퐁토르송의 5달러짜리 호텔 방에서 빨래하는 날'이다. 나

의 독립에 대한 초상이자, 방랑생활
의 요령이다. 또한 로맨틱한 새로운
삶의 초상이자 나 자신과의 첫 허니
문의 초상이기도 하다.

그해 여름을 통틀어 내가 그린 유
일한 그림이다. 빨랫줄마다 돈으로
따지면 상당히 비싼, 진짜 옛날식
프랑스 행주들이 나부낀다. 100만
불짜리 대저택에 프랑스 농가풍의
근사함을 가미하는 리넨들이다. 미
국의 전문점들이 가격을 따지지 않
는 부유한 고객들에게 권하는 그런
종류의 리넨이다.

플로베르는 완전히 틀렸다.

노르망디에서는 빨래하는 날조차
아릴 정도로 시크하다.

노르망디는 프랑스에서 와인이 생산되지 않는 가장 넓은 지역이다. 대신 사과 농장들이 있다. 칼바도스는 세계적으로 유명한 노르망디 사과로 만든 브랜디이며, 시드르는 주로 찻잔에 제공되는 발효된 사과주다. 그리고 프랑스 국민 치즈라 할 카망베르가 있다.

유명한 식도락가이자 철학자인 장 앙텔므 브리야 사바랭은 이렇게 말했다.

"카망베르와 시 그리고 식사 시간 포도주의 향취. 이들이 존재하지 않는다면, 우리 삶은 어떻게 될까?"

퐁토르송에서는 토요일 밤에 식사전에 카르 노르망을 마신다. 프랑스 국민 칵테일 키르의 현지식으로 화이트 와인 대신 차가운 사과주와 칼바도스를 조금 더 첨가해서 만든다.

토요일의 다음 풍경은 외로운 라이더들이다. 오토바이를 타고 텅 빈 밤 속을 달려, 마을 끝에서 끝으로 쿠스농 가를 오르내린다. 내가 제임스에게 말했다.

"난 그 기분 알 거 같아요."

나는 열일곱 살 고3 시절, 토요일 밤마다 포드 갤럭시500을 몰고 무언가를 찾아 네바다 주의 리노로 내달렸다는 이야기를 아직 제임스에게 하진 않았다. 1973년 마을의 좌우명이 적힌 아치형 입구를 지나며 차를 몰고 버지니아 거리를 왕복하는 걸 우리는 대로왕복이라고 불렀다. 수많은 외로운 라이더들로 가득한, 세상에서 가장 크면서도 작은 도시, 리노! 당시의 내 남편은 뉴올리언스에서 혼다 450cc급 오토바이를 몰고 다니는 이지 라이더에 가까운 사람이었다. 그에 따르면, 토요일 밤 뉴올리언스 프렌치 쿼터에는 예쁜 아가씨들이 넘쳤고 곳곳에서 파티가 열렸다고 했다.

프랑스의 외로운 라이더들을 제임스가 과연 이해할 수 있을까? 자신의 과거와 미래의 존재 이유를 찾아, 지친 마음을 끌고 외로운 거리를 오르내리는 그 아이들의 마음을.

퐁토르송의 일요일

노천카페에서 조식을 마친 후 우리는 신문 가판대에서 웨스트프랑스를 사들고 공원 벤치에 앉아 신문을 읽는다. 한 장 한 장, 신문은 자기네 삶, 서부 프랑스 삶에 몰두한 이들의 이야기로 가득하다. 마치 진짜 현실이 벌어지는 곳은 바로 이곳이라는 듯, 마치 우리가 이곳이 있건 없건 그건 하등의 의미도 없다는 듯, 마치 미국에서의 나의 삶은 가상의 삶이라는 듯 말이다.

나는 호텔로 돌아가 다시 옷장을 꼼꼼하게 확인하고, 갈아입을 옷을 분류하여 개고 더러운 양말 등을 분리한 뒤 깨끗한 옷가지가 오염되지 않도록 비닐봉지 몇 개에 나눠 담는다. 나는 여행을 '폭을 넓히는 것'이라고 주장하는 사람들을 보면 코웃음이 난다. 여행 가방을 다시 싸고, 옷을 분류하고, 양말을 개는 데 여념 없는 내 모습을 좀 보라.

그러나 이 세상, 지금 내가 있는 바로 이곳에서 당장 해야 할 일에 집중한다는 건 즐거운 일이다. 난 그저 한 번에 하나씩 하는 중이다. 아침 식사, 잔심부름, 호텔 방 정리. 현재의 순간 속에 모든 것을 간직하면서! 다시 생각해 보니, 어쩌면 바로 그게 여행의 비결이 아닐까? 한 번 더 생각하니, 어쩌면 바로 그게 행복의 정의가 아닐까? 낮잠을 자고 싶다.

제임스는 혼자만의 여행을 나가고 없다. 나는 낮잠에서 깨어나 산책을 나가 느린 걸음으로 길을 내려간다. 유일하게 문을 연 가게(가판대)로 가서 여유롭게 엽서를 산다. 마을 저편으로 가서 고요한 동네를 거닐며 집과 정원들과 바스 노르망디 주의 하나뿐인 야자수 사진을 찍는다. 쌀쌀해져서 스웨터를 가지러 호텔로 돌아왔다가 다시 차를 마

시러 카페로 나간다. 엽서를 쓰고, 밀린 일기를 썼다. 와인은 마시지 않기로 한다. 지금 당장은.

몇 달 뒤 롱아일랜드 역사상 가장 습한 겨울, 춥고 비오는 날, 나는 이날 내가 보았던 벽돌들과 돌담을 그리며 오후를 보내리라. 추억 속 여행가가 되어 사색에 잠겨 있으리라. 퐁토르송에서의 일요일을 추억하며 롱아일랜드의 문제 따윈 잊어버리리라. 프랑스 인들 말대로, 만족스러운 마음이리라.

일요일 저녁 유일하게 문을 연 레스토랑에서의 식사를 한다. 내 입에는 프랑스 피자가 별미라서 참 다행이다. 집에서 쉽게 사 먹을 수 있는 음식을 프랑스까지 와서 먹지 않겠다는 제임스는 값비싼 아티초크 샐러드를 주문한다.

옆 테이블에는 세상 풍파를 겪었을 뚱뚱한 두 노인이 레드 와인을 마시고 있다. 한 노인은 조니 할리데이 _{프랑스의 국민가수} 티셔츠 차림이다. 지금이야말로 제임스에게 조니 할리데이에 대한 나의 애정을 고백할 적기다. 그는 프랑스의 엘비스 프레슬리쯤 된다. 보르도에 가면 이 위대한 남자에 대한 존경의 표시로 반드시 들러야 할 곁가지 여행 계획도 함께.

제임스가 홀로 보낸 하루에 대하여 내게 들려준다. 제임스는 인파를 따라 퐁토르송 종합 경기장에 들어가 2 대 1로 뒤지고 있을 때부터 연장전으로 가서 이길 때까지 현지 축구 경기를 관람했다. 관중석은 만원이었다. 오후 내내 마을이 그토록 조용했던 까닭이 있었다. 전부 축구장에 모여 있었던 것이다.

저녁 식사를 마친 뒤, 길을 건너 오송의 다리로 향한다. 쿠에농 강 위로 태양이 지고, 사내아이들은 진흙투성이 강둑에서 신 나게 놀고 있다. 나는 강과 역사에 대한 거창한 생각 속에 빠진다. 퐁토르송의 바로 이 강둑에서, 이토록 시끌벅적한 사내아이들과 함께 혹은 젊은 정복자 윌리엄과 같은 사내아이들과 함께, 얼마나 많은 수천 번의 일요일이 흘러갔을까? 지금부터 천 년이 흘러, 프랑스만큼 유구한 역사를 갖게 되면 미국도 이와 같아질까? 고요한 일요일의 마을들이 전설들의 존재로 메아리칠까? 영원히 살 수만 있다면 좋으련만! 나와 제임스는 캐나다 사람인 척하지 않는다. 2005년에 해외에 나가는 미국인들 사이에선 유행 같은 일이지만 말이다.

"미국인?"

지프차 운전자가 몽생미셸로 가는 도로 위에서 차를 세우며 묻는다.

"네." 하고 순순히 인정한 뒤, 미리 준비한 대로 덧붙인다.

"그런데 조지 부시한테 투표한 건 아닙니다."

운전자는 우리의 사과를 일축한다.

"아, 그건 정치일 뿐이고 우린 미국인을 좋아해요!"

그러면서 우리에게 프랑스 여행이 즐거운지 묻는다. 우리가 답한다.

"우리는 프랑스를 사랑해요. 날씨도 참 좋고요!"

이 말이 그에게 자부심을 준 듯했다.

"평소보다 10도는 웃돌아요!"

그는 자랑스레 섭씨로 온도를 말한다. 나는 섭씨로 온도를 말하는 데 익숙치 않아서 섭씨라면 질색이라 늘 배우기를 거부했다. 그런데 모르긴 해도 평소보다 10도 더 높다면 좋은 날씨라기 보다는 좀 많이 더운 거 아닌지. 아무리 지구 온난화라지만.

몽생미셸은 노르망디 해안 앞바다에 표사 사람. 짐승이 빠져 죽기 쉬운 바닷가의 모래늪 로 이루어진 평지 한가운데에 위치한 화강암산 꼭대기에 지어진 천 년 된 수도원이다. 바이외 태피스트리조차도 이 표사를 피할 수 없다. 노르망디 공은 표사에 에워싸인다. 수세기 동안 아이들의 간담을 서늘하게 만든 바로 바이외태피스트리 17장면이다.

몽생미셸은 프랑스에서 에펠 탑 다음으로 인기 있는 관광지다. 오늘따라 몽생미셸의 연간 300만 방문객이 한꺼번에 몰려온 분위기다. 그런데 한 시간 뒤, 우리로 하여금 이곳을 뜨게 만든 건 인파 때문만은 아니다. 이곳의 실제 거주 인구는 43명이 전부다. 평온함과 진정성에서 이 관광 명소와 퐁토르송 간의 대조가 왠지 오싹할 따름이다.

몽생미셸에서 내가 헤아린 개의 수는 스물다섯 마리다. 유럽 인들은 개들을 데리고 여행한다. 내가 자기 주인들과 담소를 나누자 티미라는 이름의 독일 개가 나에게 입을 맞춘다. 티미는 튀빙겐에서 고양이 네 마리와 함께 살고 있다고 한다. 오래된 질문 하나를 품는다. 개들에게 여행이란 어떤 모습일까? 영화? 연속된 공간? 환생?

제임스는 퐁토르송에서 챙겨온 포도가 태어나서 먹어본 포도 중 최고란다.

"내 인생 최고의 포도와 함께 사진 좀 부탁해요!"

몽생미셸의 성벽에 위태하게 걸터앉아 소풍을 즐기는 연인이 보였다. 로맨틱하게 보이지 않는다. 내 눈엔 그저 어리석을 따름이다.

이렇게 말하면 군걱정 많은 늙은이처럼 들리겠지만 나이가 들수록 인생과 사랑에 대해, 또한 근심 걱정 없는 여름날이란 불가능에 가깝다는 사실을 보다 잘 이해하게 된다. 무릇 몸조심을 잘 해야 하는 법이다.

결국 퐁토르송에서 주말을 보내는 데 140유로가 들었다. 쓸 돈보다 딱 하루치 여유분만 더 가지고 다니는 일은 이제 그만. 매일 비상금을 확인할 필요 없게 생말로에 도착하자마자 은행으로 직행해 돈을 한 다발 환전하자고 할 작정이다.

1834년 출간된 『프랑스 해안 여행 스케치』에서 스코틀랜드 출신의 작가 레이치 리치는 생말로에 대하여 이렇게 언급한다.

"생말로의 광경은 특이한 동시에 근엄하고도 도전적이다. 생말로는 성벽과 방어시설들이 가득 들어찬 화강암 섬이다. 그 나머지는 다듬어지거나 다듬어지지 않은 돌들이 전부인데, 있는 그대로 꾸밈이 없다. 모든 것을 다 고려해 표현하기가 불가능하다."

생말로는 브르타뉴 해안 앞바다의 성곽도시다. 사방이 브르타뉴 해에 둘러싸여 있으며 이 해안의 조수는 유럽에서 가장 높고 빠르다. 해변에 세워진 표지판들은 밀물이 달리는 말의 속도로 사람을 삼켜버릴 수 있다고 경고한다. 그리고 앞바다에는 지나가는 배와 선원들을 물속으로 끌어들이기 위해 마법을 걸려고 유혹하는 인어들이 산다고 하지만, 사악한 바다 요정에 대한 믿음은 켈트 기독교로 개종한 이 지방 사람들이 고대에나 그랬을 바닷가 생활의 한 단면일 뿐이다.

16세기와 17세기, 가장 부유한 해적들의 본거지였다는 생말로의 자랑스러운 역사는 말할 것도 없거니와, 생말로만큼 무법스럽고 엉뚱한 곳도 없다. 지금도 생말로 사람들은 생말로가 어쩌다 보니 프랑스 지도에 올라간 자치 요새라고 생각한다. 이 말에서 그들의 생각을 적나라하게 엿볼 수 있다.

"프랑스 사람도 브르타뉴 사람도 아닌 오직 생말로 사람이며, 앞으로도 영원히 생말로 사람이다."

아침 내내 가볍게 비가 뿌렸다. 우리가 탄 버스가 좁은 생말로의 뒷길로 천천히 들어간다. 그리고 작은 부락으로부터 마을로 쇼핑을 온 주부들을 태운다. 한 중로의 가정부가 우리의 투어 가이드가 된 걸 기뻐하며 우리 옆자리에 앉는다. 그녀는 브르타뉴의 콜리플라워가 세계적으로 유명한 브르타뉴의 굴 못지않게 훌륭하다며 자랑한다. 버스 운전사가 불법 유턴으로 버스 터미널로 들어가며 혼잣말로 중얼댄다.

"좋지 않아, 좋지 않아, 좋지 않아."

우리가 묵을 호텔은 오래된 도시의 중심부에 있다. 3층 우리 방에서는 인접한 아파트 뜰이 보인다. 창문 밖을 보다가 그대로 얼음이 된다.

새끼 고양이 한 마리가 아홉 개의 목숨 중 하나를 잃기 직전이다. 녀석은 열린 창문 밖에 매달린 빨랫줄 위를 위태

롭게 걷고 있다. 녀석이 흔들흔들 안전한 창틀로 되돌아가고 나서야 겨우 안도의 숨을 내쉰다.

우리는 첫 투어로 도시를 둘러보기 위해 성루에 오른다. 2킬로미터에 불과한 생말로를 에워싼 돌담길 여정에만도 두 시간이 소요된다. 사방이 볼거리라, 멈추고 바라본다. 우리는 왜 생말로가 아닌 딴 곳에 살며 삶을 허비했나 싶다. 한탄할 일이 너무도 많기 때문이다.

생말로의 수수께끼

목선 한 척이 세계 일주를 위해 브르타뉴를 떠난다. 기항지마다 목선은 수리된다. 썩은 널빤지는 새 판자로 갈고, 손상된 곳은 덧대고, 소실된 것들은 되살린다. 일주가 끝날쯤 출발할 때의 부품은 대부분 교체되어 있다.

그렇다면 이 목선은 여전히 같은 배일까?

생말로는 1661년에 불타서 무너졌다. 도시는 당대 최고 건축가이자 공병장교 마르퀴스 드 부방의 감독 아래 최신식으로 재건되었다. 생말로는 매우 치밀한 방어적 양식으로 부방의 대표작이 되었다.

기능면에서 보면 중세풍이 강한 요새화한 성채지만, 아름답게 꾸민 공공

공간과 널찍한 사적 공간 내에서 이뤄지는 인간 활동을 특별히 고려한 점을 보면 전적으로 계몽주의 방식을 취하였다.

제2차 세계대전 당시 나치 점령군을 표적으로 한 연합군의 폭격으로 생말로는 다시 도시의 80퍼센트를 잃었다. 종전 후 생말로 인들은 도시 특유의 건축학적인 형태를 온전히 보존하기로 맹세하였고, 1661년의 모습을 그대로 되살리기 위해 돌 하나하나를 재건하였다. 똑같은 의문이 인다.

과연, 생말로는 여전히 예전의 생말로일까?

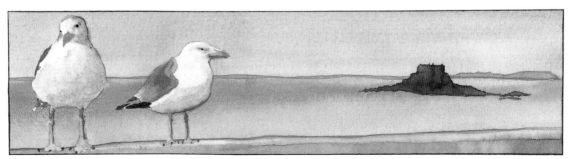

요새화한 세 개의 섬들은 해로를 이용한 습격에 대비한 첫 번째 방어선을 형성한다. 가장 큰 섬인 그랑 베는 낭만주의 작가 프랑수아 르네 드 샤토브리앙(1768~1848)의 묘가 있는데 화려한 문체를 자랑하는 그의 소설을 읽지 않은 이들에게조차 상당한 관광 명소이다. 그랑 베 섬은 좁은 둑길을 통해 썰물 때에만 접근이 가능하다. 둑길에는 끝에서 끝까지 밀물이 들어온다는 다음과 같은 경고문이 세워져있다.

'둑길 위로 썰물이 넘칠 경우 돌아가려 하지 마시오. 썰물에 갇힐 경우, 반드시 섬에서 밤을 보내고 나오기 바랍니다.'

위험과 전율, 바로 그게 관광객들이 그랑 베로 모여드는 이유이다.

내가 참 좋아하는 새 하나를 발견하고 감격한다. 프랑스 어로는 고일랑 아르장떼 은빛 갈매기 라고 불리는 재갈매기다. 공중이 재갈매기들의 투박한 울음소리로 가득하다. 프랑스의 노래하는 작은 새들이 내는 달콤한 크위 크위 소리와는 다른 크라 크라. 프랑스 오리들은 날카롭게 꽥꽥 소리를 낸다. 생말로에서는 이걸 아느냐 모르느냐가 중요한데, 그 까닭은 다음과 같다.

많은 프랑스계 캐나다 인 관광객들이, 자신들의 시조인 자크 카르티에 북아메리카 대륙 동북부 연안을 탐험하고 세인트로렌스 강을 발견하여, 이 지역 일대를 캐나다라고 명명함 의 출생지인 생말로를 찾는다. 그들이 하는 말을 들으면 참 재미있는데, 표준 프랑스 어와는 사뭇 달라서 비음이 많고 스타카토 식에, 종종 각 단어의 마지막 모음 음절에 강세를 준다. 그런데 다 나처럼 재미있어 하지는 않는 것 같다.

나와 이야기를 나누었던 한 상점 주인은 프랑스계 캐나다 인들이 하는 프랑스 어를 들으면 꼭 오리 우는 소리 같다며 투덜댄다. 웃음이 터져나왔다. 심술궂은 말이지만, 한편으로는 너무 맞는 말이라서 우습다.

과연 내가 말하는 프랑스 어는 어떤 새소리처럼 들릴까?

시크
코코 샤넬 식

팜 파탈
브리짓 바르도 식

말괄량이
오드리 토투 식

브르타뉴 사람들은 예나 지금이나 핏속에 바닷물이라도 흐르는 것 같다. 그리고 허리춤엔 늘 마리니엘 룩(세일러 룩)을 선보인다. 스트라이프 무늬의 옷을 입으면 물에 빠졌을 때 찾기가 쉽다고 그들은 말한다. 차디찬 영국 해협에 사람이 물에 빠질 경우, 익사하는 남자들을 납치할 기회를 노리며 근해에서 유혹하는 켈트 인어들과 저체온증 사이에서, 이는 생사가 달린 경주가 아닐 수 없다.

울, 85유로
면, 30유로

굴 체험을 완성하기 위한 끝가지 여행지, 캉칼

결혼은 다른 인종 간의 결합이다. 제임스는 굴 마니아지만 나는 쳐다보지도 못한다. 하지만 이번 여행은 나와는 다른 인종인 제임스의 허니문이기도 하므로 굴에 관한 한 프랑스의 수도라고 할 수 있는 캉칼에서 하루를 보내지 않을 도리가 없다.

생말로에서 고작 15킬로미터 떨어졌을 뿐인 캉칼은 완전히 다른 기후다. 캉칼의 유명한 작은 만은 동쪽을 향하고 있어서 바람은 물론이고 브르타뉴 해안을 때리는 해류로부터도 보호를 받는다. 사방이 하늘빛 고요함뿐이고 굴은 드넓은 양식장에서 평화로이 쉬며 맛을 채워간다. 율리우스 카이사르, 루이 14세, 나폴레옹에 이어 이제 제임스 스톤이 캉칼의 굴을 구입하기 위한 그 어떤 수고도 마다치 않는다.

시내 중심가로부터 절벽 밑으로 6킬로미터를 걸어 세관원 산책로를 따라 바닷가로 가니,

한 해 25000톤의 생굴을 생산하는 양식장이 있다. 방파제를 따라 줄지어선 노점들이 천막을 치고 장사할 채비를 한다. 생굴들은 크기와 질에 따라 1~5번까지 번호가 매겨지는데, 5번이 가장 작다. 크루즈는 프랑스 산 진귀한 천연 굴이며, 플라트는 보통의 태평양 양식 굴이다.

오해의 여지가 없는 북대서양의 맛이라는 게 캉칼 굴을 맛본 전문가의 판단이다. 오이 맛이 감도는 아주 짠 맛이란다.

귀한 크루즈 굴
제임스는 캉칼 굴 맛이 짭짤하고 차갑단다. 양식장에서 이렇게 가까이서 먹어보기는 처음이란다! 질척한 굴을 두 번 씩 어 후루룩 마시고는 행복해 함.
(굴이 접시 위에 살아있는데 상관없을까? 굴은 얼굴이 있나? 폐는? 심장은?)

제임스는 크루즈 열두 개를 사서 제방 위에 플라스틱 접시를 내려놓고 앉는다. 언제나 일기를 쓰는 나는 메모를 한다.

다 먹고 난 뒤 제임스는 껍데기를 아무렇지 않게 이곳에서는 누구나 그러하 듯 바닷가에 내던진다. 바닷가가 무릎 높이까지 굴 껍데기들로 가득하다. 저 모든 굴들! 겉껍질이 벗겨져 프로메테우스의 간만큼이나 날것으로 게걸스레 먹어치워진 수십 억 개의 굴들!

오, 공포다.

생 메엥 교회 인근, 캉칼의
굴 따는 여인들 조각상

프랑스 어의 재미

굴이라는 뜻의 위트르Huître는 발음이 재미있는 단어다. 위
트-르. 귀엽다. 프랑스 어로 하마도 재미있다. 이-뽀-뽀-땀므.
마치 이빨 요정이 베개 위에서 발가락 춤을 추는 소리 같은 아주
작은 저 모든 음절들. 1.8톤에 육박하는 거대한 짐승의 이름으로
들리지 않는다. 그리고 난 남편한테 5분만 더 준비할 시간이 필
요하다고 할 땐 이렇게 말한다. "잠깐만요, 랑제 메 쇼브 ranger
mes cheveux 좀 하고요." 머리 손질좀 한다는 말인데 난 이 말
이 그냥 우습다.

몇 년 전 뉴욕에서 한 영국인 여자와 함께 일을
한 적이 있는데 그녀는 커다란 실크 숄과 벨벳 머
리띠를 좋아하는 대단한 속물이었다. 한번은 진
행 중인 프로젝트에 대해 직원 회의에서 의견을
내다가 그녀가 말끝에 네스빠 n'est-ce pas(안

킴바라는 이름의 3개월 된
골든리트리버와 함께
자전거로 30여 킬로미터를
달리는 방법

120

그렇습니까?)를 붙인 일이 있다. 그때부터 이 말은 부서 내 유행어가 되었다.

우리는 제일 심한 런던내기 말투로 제일 과한 프랑스 어를 생각해내는 사람이 누군지 내기를 벌이며 웃음보를 터뜨리곤 했다. 참 유쾌한 시간들이었다.

생말로의 영혼들

자갈은 브르타뉴 내륙의 옛 드루이드 석 _{고대 환상 열석에서 볼 수} _{있는 규질 사암의 일종} 채석장에서 가져온다. 보도블록은 브르타뉴 코트다르모르 주, 코슬르 마을의 로마 마르스 신전 유적에서 파내온 평판이 포함되어있다는 말이 있다.

그리고 천 년 전 몽생미셸을 지을 때 수도승들이 사용했던 것과 같은 거대한 화강암 건축용 블록들은 바이킹 섬, 쇼제에서 가져왔다. 낮에는 갈색 빛이 도는 잿빛이었던 그 돌들은, 황혼녘이면 음울하며 숨을 쉬고 있는 듯한 켈틱 블루로 색을 바꾼다. 마치 오감으로 느끼고 끊임없이 변하는 것만 같다. 어차피 이곳은 브르타뉴, 자연의 모든 것에 혼이 담긴 곳이 아니던가.

여행 팁 하나. 생말로를 찾을 생각이라면 안전하게 최소한 사흘 일정으로 예약을 하라. 중요한 이벤트 즉 일몰에 관한 한, 이곳의 날씨는 도무지 장담을 할 수 없다. 험악한 북대서양에서 불어온 짙은 구름은 저녁 어스름 무렵이면 이쪽 해안으로 들어오는 나쁜 습성이 있다.

나의 허니문 여행에서는 필요하다면 일주일도 머물 용의가 있었지만 운이 좋았다. 이틀 밤 연속, 공기는 맑고 따뜻하기까지 해서 성루 위에서 즐긴 우리의 황혼녘 소풍은 로맨틱함 그 자체인 웅장한 에메랄드빛 해안의 광경을 선사해 주었다.

생말로의 일몰

오, 신이시여. 당신의 바다는 더없이 크고, 저의 배는 더없이 작습니다.

―브르타뉴 어부의 기도

풍토르송

바이외

노르망디 &
브르타뉴 스케치북

풍토르송

그녀가 있는 생말로의
한 바에서 해가 지고도
한참이 지난 무렵.

바텐더 말이, 자기가 뉴욕을
아주 잘 안단다.
해마다 새해 전야를 보낼
목적으로 리우데자네이루에
가는 길에 크리스마스 때면
꼭 뉴욕에 들른다면서.

문득 내가 생각보다
부족함이 많은 세계여행자처럼
느껴진다.

내가 여행할 때
주로 하며 보내는 일

생말로의 문장 위의 담비

정복자 윌리엄의 문장 속
노르망디의 새끼 고양이들
고양이 두 마리 = 노르망디 깃발
고양이 세 마리 = 잉글랜드 깃발

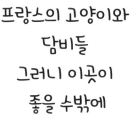

프랑스의 고양이와
담비들
그러니 이곳이
좋을 수밖에

브르타뉴 깃발 속의 담비

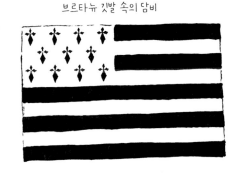

VILLA REMEMBER

나

생말로 외곽에서
이 건물을 그리고 있는 중

갈림길에서 보내는 엽서

로마 인들은 브르타뉴의 내륙 삼림지대를 그저 황무지라고 불렀다.
그들은 페허와 거대한 돌기둥들과 이방 신들의 제단을 보았다.
그리고 두려워했다. 저 고대의 신성한 곳들 속의 너무도 많은 힘.
그들은 이들 가까이하지 않고,
그 숲을 야만인 갈리아 족과 프랑크 족에게 내맡겼다.
그들의 야만적인 숭배와 신비로움을 위해.

"가 보자! 재미있을 거예요."

보르도로 가는 길에 하루만 둘러보자며 내가 제임스를 구슬렸다. 드루이드 켈트 족의 성직자이며 철학가, 지식과 지혜의 상징으로 전사 계층과 왕들의 상담가 의 오솔길이라 부르는 선돌들을 볼 기회이자, 전설적인 켈트 족의 숲, 브르타뉴 내륙의 신성한 원시 숲으로의 모험을 감행할 기회다.

"짧게 곁가지로 다녀올 뿐인데 뭘! 문제 될 게 있겠어요?"

그리하여 우리는 푸제르 숲으로 향했다.

129

5단계 어려운 때가 닥쳐오다

생존 요령

어려운 때는 반드시 닥쳐온다

예상한 일이다. 우리는 모두 알고 있다. 허니문은 영원히 지속되지 않는다. 조만간, 현실 문젯거리들로 인해 엉망이 되고 말리라는 것을 우리 모두 알고 있다. 별안간 완벽남이 나를 미치게 만들고, 이상형의 그녀는 엄청난 골칫거리가 되어버린다. 대부분의 사람들은 인생이란 원래 그렇다는 걸, 살다 보면 힘든 날이 있다는 걸 이해할 줄 아는 슬기를 지니고 있다. 그리고 하루 이틀의 나쁜 날들 때문에 연애를 통째로 망쳐버리는 일은 드물다.

그러나 여행자들은 다르다. 여행자들은 그런 일을 결코 예상하지 못할 뿐더러, 난관이 닥치면 말 그대로 엉망이 되어버린다. 알다시피 여행이란 보다 강화된 경험이다. 우리가 여행을 좋아하는 것도 바로 그 때문이다. 그러나 그 강렬함에는 부작용도 따른다. 친하면 무례해지기 쉽다는 속담도 있지 않은가. 이런, 젠장! 모르긴 해도 여행을 함께한 동반자들의 입에서 처음으로 나온 말이 아니었을까. 제아무리 신이라도 장거리 여행에서는 신경을 거슬리기 마련이다.

시나이 사막을 헤매며, 그의 백성들은 종종 신의 존재에 대해 불안해지고 반항적이 되었다. 여정 도중 달콤한 물과 하늘로부터 공수되어 온 만나라고 불리는 현지 전문 식품, 불과 구름기둥 등과 같은 기적적인 음식과 유희를 제공받음에도 불구하고 그들의 짜증은 커져만 갔다. 심지어 금송아지를 숭배하며 신을 버리려고도 했다. 이 모든 여정은 하나님의 사랑 역시 닳아 없어지게 만든 게 틀림없다. 일단 목적지에 다다르자 하나님도 두 번 다시는 당신의 백성들을 그와 같은 여정으로 이끌지 않았으니 말이다.

산타마리아호의 선장 크리스토퍼 콜럼버스와 핀타호의 선장 마틴 알론조 핀손은 1492년, 그 유명한 신세계를 향한 첫 항해를 시작할 당시에는 의좋은 친구였다. 그러나 히스파니올라에 내리자마자 서로 신경을 거슬리기 시작했다. 일정과 노획물을 두고 의견대립이 심해지다 못해 에스파냐로의 귀항 길에서 콜럼버스는 대서양 한가운데에서 교수형에 처하겠다며 핀손을 위협했다. 항해로 인한 스트레스와, 귀환 후에도 이어진 콜럼버스의 악의적인 괴롭힘으로부터 스스로를 방어하는 일에 지친 핀손은 1493년, 52세의 나이에 이른 죽음을 맞았다.

나일 강의 기원을 발견하기 위해 아프리카로 떠난 1857~1858년의 트래킹에서, 탐험가 리처드 버턴과 존 스피크의 동반자 관계는 초반부터 삐걱대기 시작했다. 탕가니카 호에 다다를 무렵, 두 사람은 철천지원수가 되었다. 결국 각자 잉글랜드로 돌아갔고, 이후 6년간 두 사람은 상대방이 출판한 아프리카 회고록의 진실성에 대해 맹렬히 이의를 제기했다. 1864년, 자해 총상으로 사망한 스피크의 사인이 실은 버턴과의 불화 때문이라는 게 정설로 받아들여지고 있다.

조니 라튼(존 라이든)은 어린 시절 친구 시드 비셔스가 멍청한 녀석이라는 건 진작부터 알고 있었지만, 1978년 자신의 밴드인 섹스 피스톨즈와 투어를 진행하면서 미국 횡단 여행을 함께하기 전까지는 전혀 문제될 일이 없었다. 샌프란시스코에서 열린 마지막 공연에서 조니 라튼은 윈터랜드 볼룸을 꽉 채운 5400명의 관객들 앞에서 "이건 재미없어. 하나도 재미없다고." 하며 분노를 표출했다. 결국 그는 무대 밖으로 나가버렸고 두 번 다시 시드를 보지 않았다. 이듬해 시드는 스스로 목숨을 끊었다.

내 친구들(바트와 머피라고 하자)은 4개월간 인도를 여행할 예정이었다. 그런데 불과 2주 만에 서로에게 넌더리가 나버렸다. 그들은 거의 말도 주고받지 않는 상태로 자이푸르에 도착했다. 머피가 말한다.
"인도는 정말 압도적이야. 3주 지나니까 에어컨, 쇼핑몰 말고는 더 바라는 게 없었어."
다행히 자이푸르에는 쇼핑몰이 일곱 개나 있었다. 두 사람은 그 쇼핑몰에서 나흘을 보냈다. 바트가 말한다.
"영화도 보고, 맥도날드에서 감자튀김도 사먹고, 정말 단비 같은 평범함을 누렸어."
그들은 핑크 시티(자이푸르의 다른 이름)의 사원과 시장 거리, 박물관과 정원 그리고 유적지 비스무리한 곳은 한 군데도 찾지 않았다. 하지만 그들은 활기를 되찾고 다시 죽이 척척 맞는 사이가 되어 자이푸르를 떠났고, 더는 사고 없이 무사히 여정을 마무리 짓는 데 성공했다. 그들은 지금도 부부이며, 내년에 또 다시 장거리 여행을 계획 중이다.
이 이야기들의 교훈은 사랑과 여행에서 재앙은 불가피하다는 사실이다. 성공적으로 목적지에 다다르기 위해선 몇 가지 적절한 생존 요령이 필요한 법이다.

사랑과 여행을 위한 상황별 생존 요령 17가지

① 남극에서는 펭귄과 최소한 300미터 거리를 두어라. 펭귄은 수평으로 배변을 발사하기로 유명하다. 정말 로켓처럼 똥을 뿜어낸다. 그 똥은 냄새와 얼룩을 남기는데, 엄청나게 지독하다. 옷을 아무리 빨고 장화를 아무리 닦아도 지워지지 않는다.

② 혹시 피치 못하게 얼음같이 찬 물속으로 뛰어들 일이 발생하면, 반드시 옷을 다 벗고 입수하라. 젖은 옷은 마른 땅으로 나오고 난 뒤에조차 곧바로 체열을 흡수해버린다. 그러나 만약 옷을 입은 상태라면 눈밭에서 데굴데굴 굴러라. 눈은 수건처럼 작용해서 옷의 물기를 빨아들인다.

③ 서로를 보는 게 견딜 수 없다고 해서 사랑이 끝나버린 건 아니다. 그저 운수 나쁜 날을 보내는 중이라는 의미일 뿐. 마음의 여유를 가져라.

④ 빙하 트래킹을 할 때는 과체중인 게 도리어 도움이 된다. 다시 말해 뚱뚱한 게 좋다. 마른 사람은 크레바스에 빠졌을 때 깊은 틈까지 빠져버리는 탓에 구조의 손길이 닿기 쉽지 않다.

⑤ 풋내기 소몰이-훈련이 잘 되어 익숙해지기 전까진 청바지 밑에 스타킹을 신어라. 스타킹이 소와 몸 사이에 단열을 한 겹 더 추가해주는 역할을 하기 때문에 안장에 쓸려 아플 걱정을 덜어준다.

⑥ 황야에서 곰을 만나면 곰 먹이처럼 굴지 말라. 식인종을 만나면 점심밥처럼 굴지 말라.

⑦ 서로에게 하루 세 번 바보짓을 허용하라. 바보짓을 안 하는 날은 축복으로 여겨라.

⑧ 열대우림에 있을 때는 지붕처럼 우거진 나무에서 떨어진 가지에 맞고 죽을 확률이 가장 높다. 30층짜리 건물 높이와 맞먹는다. 헬멧을 써라.

⑨ 카리브 해에 있을 때는 코코넛에 머리를 맞고 죽을 확률이 가장 높다. 헬멧을 써라.

⑩ 매일 아침, 거울 속 자신을 보며 말하라. "너도 재수 없긴 마찬가지야."

⑪ 세상에는 약 6500개의 언어가 있지만 비명은 인류 공통어다.

⑫ 아프리카에서는 강과 호수를 멀리하라. 만일 수영을 한다면 곧바로 수건으로 몸을 닦아 살갗에 붙어 몸속으로 파고 들어가는 수인성 주혈흡충병에 감염된 유충들을 제거하라. 이후 사소한 가려움이라도 남는다면 유충을 다 제거하지 못했다는 뜻이다. 즉각 야전병원에 신고하라. 또한 기온이 40도일지라도 항상 긴팔에 긴바지를 입어 흑파리(사상충증)나 체체파리(수면병)에게 물리는 일을 사전에 방지하라.

⑬ 아프리카에서 하마는 가장 치명적인 동물이다. 식인 악어들도 하마를 보면 줄행랑을 친다. 하마는 체중이 3175킬로그램까지 나간다. 게다가 이빨은 길이가 50센티미터나 되고 피부는 총알도 튕겨나간다. 세계에서 가장 빠른 사람보다 빠르다.(약 시속 35킬로미터) 풀만 먹는 건 그나마 다행이다. 하마를 피해 모래가 많은, 풀 없는 땅에서 야영하라.

⑭ 뇌우가 치는 상황에서 야외 공터에 있게 되면 발끝으로 서서 지면과의 접촉을 최소화하라. 혹시 번개에 맞더라도 발바닥을 대고 섰을 때보다 몸을 빠르게 통과할 것이다.

⑮ 만약 무인도에 고립되면 햇빛에 덜 노출 될 수 있는 남북 방향으로 참호를 파고 그 속에 누워라. 삼면에 모래를 더 쌓아서 추가로 그늘을 확보하라.

⑯ 칼을 든 강도에게 위협을 당할 때는 바닥에 엎드려 몸을 동그랗게 말아 몸통을 보호하라. 공격자의 무릎이나 사타구니를 발로 차라. 총 든 강도에게는 돌아서서 최대한 큰 소리로 비명을 지르며 달려라. 총을 든 강도가 움직이는 목표물을 쏘려는 확률은 50 대 50에 불과하며, 쏜다 해도 당신을 맞출 확률은 40 대 60에 불과하다.

⑰ 세상 그 어떤 문제도 춤으로 해결 가능하다. 소울의 대부 제임스 브라운의 말이다. 그러니 춤을 추어라.

1976년 스톤헨지와 나
(잉글랜드 역사적 건물 및 기념물 위원회가 일반인 출입을
제한하면서 1977년에 포옹이 금지되었다.)

1985년 카르나크와 나
(프랑스 문화유산부가 일반인 출입을 제한하면서
1991년에 포옹이 금지되었다.)

브르타뉴 거석에 관하여

거석 부지는 스칸디나비아에서 사르디니아까지 유럽 곳곳에서 발견된다. 그러나 그 밀도나 고색으로 보아 거석문화는 이곳, 브르타뉴의 부지에서 시작되어 석기시대 말기를 거쳐 청동기시대(기원전 6000~1200년)까지 북부와 동부로 퍼져나갔음을 시사하고 있다. 거석을 세운 이들이 누구인지, 어디에서 왔으며 혹은 그들이 사라진 까닭이 무엇인지 아는 사람은 아무도 없다.

거석을 묘사하는 데는 브르타뉴 어가 사용된다. 멘히르 선돌, 똑바로 선 거대한 돌, 돌멘 고인돌. 보다 작은 지지대 역할을 하는 돌들 위에 크고 납작한 모자 돌을 얹은 것 그리고 크롬렉 환상열석. 스톤헨지처럼 원형으로 배치된 돌들을 묘사하는 데 사용됨. 브르타뉴에는 드물다 등이 있다.

브르타뉴 남부 해안의 카르나크는 유럽에서 가장 오래된 돌 구조물이 있는 특출한 거석 부지이다. 나란히 선 3000개의 멘히르들은 기원전 4500~3300년경에 세워진 것으로 추정되며, 이집트 피라미드보다 더 오랜 역사를 자랑한다.

거석들은 켈트 족이 기원전 1000년경인 철기시대에 브르타뉴로 이주해 들어올 당시에도 이미 역사가 오랜 상태였다. 거석문화가 켈트 족의 영적 수행과 연관있다는 이야기는 1805

년, 카르나크에서 24킬로미터 떨어진 로리앙에서 태어난 작가이자 공무원이었던 자크 캄브리(1749~1807)로부터 시작되었다. 그는 저서인 『켈트 족의 유적들』에서 브르타뉴와 그밖의 장소에서 발견되는 무덤과 불가사의한 거석들의 정렬에 대한 근거로 브르타뉴 인, 켈트족, 드루이드의 돌 문화를 제시하고 있다. 하지만 낭만적인 이 서술은 입증된 바는 없다. 같은 해 그는 프랑스 최초의 유물보존협회인 켈트아카데미를 설립했다.

드루이드 켈트의 땅에서 신의 뜻을 전하는 존재 의 오솔길은 특히 매력적인 곳이다. 사실, 숲속 깊은 곳에 보존된 거석들을 찾기란 몹시 드물다. 하지만 푸제르 숲의 너도밤나무와 밤나무 숲은 지극히 아름다워서 지금은 '사라지고 없는' 전설적인 드루이드의 시시 숲 일부로 여겨지기도 한다.

푸제르의 숲에 꼭 한 번 가보고 싶다. 장엄함과 엄숙함 그리고 상황에 따라서는 경외감마저 불러일으키는 드루이드의 오솔길은 스톤헨지와 카르나크의 절충물임에 틀림없다.

사전 계획이 첫 번째 실수가 되다

처음엔 정말 완벽하게 들렸다. 그냥 숲이 아니라 신비한 드루이드의 오솔길이라 불리는 선돌이 늘어선 푸제르 숲을 유유히 방랑하다가 하루의 끝에 한가로이 마을로 돌아온다. 심히 매력적이어서 빅토르 위고와 샤토브리앙 그리고 발작에게까지 사랑을 받은 바로 그 마을로.

나는 지도를 연구하고 교통편을 조사하고 시간표를 훑었다. 푸제르 열차역은 이미 폐쇄된 뒤라 버스가 우리의 유일한 선택이었다. 하루에 두 번, 생말로에서 2시간 15분 걸리는 70킬로미터의 여정.

우리는 정오에 아리스티드 브리앙 광장, 관광안

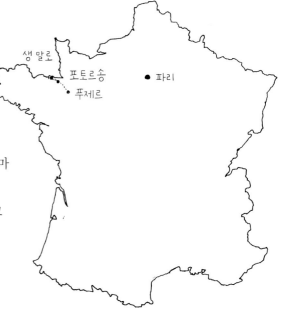

내소에 내릴 예정이었다. 알고 보니 길 하나만 건너면 마을 최고의 호텔 중 하나가 있다. 숲에 대한 관광 정보를 얻은 뒤 그 호텔에 체크인하고 어마어마한 선돌들을 구경하러 나갔다가 로맨틱한 저녁 식사에 앞서 여유로운 칵테일 아워(보통 저녁 식사 직전인 오후 4~6시)에 마을로 돌아와 잠깐 눈을 붙인 뒤, 보르도로의 편안한 반나절 여정을 이어가려고 한다.

이렇게 효율적일 수가 있을까? 여행 계획의 챔피언, 그게 바로 나다.

푸제르 관광안내소에 도착하자 뜻밖의 좋은 소식이 있다.

숲 지도를 건네주던 소녀가 우리에게 귀띔해준다.

"간단해요. 시내버스를 타면 돼요. 마을 끝자락에 있거든요."

소녀의 말을 믿었다. 그게 나의 두 번째 실수였다.

다음으로 우리는 길을 건너 보야저 호텔로 갔다. 예약은 하지 않았지만 그건 문제가 아니다. 문제는 오후 2시 30분에야 프런트가 문을 연다는 사실이다. 맙소사, 이 사람들은 나도 일정이라는 게 있다는 걸 모르나? 그리고 내 일정엔 텅 빈 호텔 로비에서 두 시간이나 기다리는 일 같은 건 들어있지 않다!

다른 호텔들에 전화를 해보려고 의기양양하게 공중전화 부스를 찾아 나서지만 내 빌어먹을 전화 카드는 빌어먹을 전화의 빌어먹을 번호를 아무리 눌러도 반응이 없다. 프랑스 관광산업과 통신산업에 대고 악담을 퍼부으며 다시 쿵쾅거리며 제임스에게 돌아온다. 제임스는 나를 보더니 반대쪽으로 어슬렁거리며 걸어간다. 그 모습을 보니 불쑥 화가 치민다. 일정이 있는데 저렇게 침착한 모습이라니, 딱 질색이다! 제임스한테 따끔하게 맛을 보여주기로 했다. 나도 반대쪽으로 가면 되지. 흥, 어쩌나 보자.

나는 박차고 나가 마을의 유명한 12세기 성의 해자로 이어지는 좁은 자갈길을 쿵쾅거리며 내려간다. 울분을 토하며, 우쭐하면서도 화가 치밀어 가는 내내 노발대발이다. 제임스를 푸제르 한가운데에 버려두는 것으로 무슨 맛을 어떻게 보여주겠다는 건지 나도 잘 모르겠지만, 아무튼 혼쭐은 날 테지. 나는 심술궂게 기념품점들을 훑어보며 엽서 몇 장을 사고 성 투어를 포기한 채, 관광객 몇 사람을 따라 아름답고 평화로운 공원으로 이어지는 오솔길로 향한다. 바로 그곳에서 내 쪽으로 오고 있는 제임스와 맞닥뜨린다.

"사방팔방 찾아다녔잖아요!"

제임스가 고함을 쳐도 난 짐짓 태평스러운 척한다.

따끔하게 맛을 보여주겠다는 계획의 일부다. 나는 어깨를 으쓱한다.

"작은 마을인데요, 뭘. 조만간 만날 줄 알았죠."

"호텔에 체크인하고 있는데 당신이 사라져버렸잖아!"

내가 전화를 하는 사이에 제임스가 매니저를 깨웠던 것 같다. 나는 프런트로 따라오라는 그의 신호를 알아채지 못했다. 알아듣게 말로 해주면 어디 덧나나!

난 시계를 확인한다.

"숲으로 가는 1시 43분 버스를 타려면 서둘러야 해요." 하고 내가 재촉한다.

우리는 총총걸음으로 버스정류장으로 출발한다. 날은 덥고 오르막이지만 제시간에 도착한다. 마침내 상황이 제자리를 찾는다. 숲을 찾는 우리 같은 멍청한 관광객들에게 매우 친절한 버스 운전사는, 노선 끝 버려진 임대주택 단지처럼 보이는 곳에 차를 대면서 우리보고 내리란다. 나는 주위를 둘러본다. 창밖에 빨래가 널린 거무죽죽한 콘크리트 아파트 건물이 보인다.

"숲이 어딨죠?" 하고 내가 묻는다.

"바로 저깁니다."

운전사가 저 멀리 줄지어선 나무들을 가리키며 말한다. 아, 마을 끝자락! 끝은 끝인데, 끝내주지는 않네. 내 생각과는 한참 동떨어진, 큰 언덕을 타고 올라가는 애매하게 나무가 우거진 곳이라는 표현이 더 알맞은 곳이다. 이런, 사소한 차질이 발생했다.

우리는 D177을 터덜터덜 올라 나무가 우거진 푸제르 숲 언저리로 향한다. 그런 다음 걷고 걷고 또 걷는다. 나중에 알고 보니 푸제르 마을에서 드루이드의 오솔길까지는 길만 잃지 않으면 실제 거리가 10킬로미터 정도. 그 정도면 그럭저럭 가볼 만한 거리다.

숲으로 들어가는 입구에서 아름답게 풀이 무성한, 산기슭 오솔길 같은 곳으로 나아가기 시작한다. 처음 한 시간 동안 태고의 푸른 덤불(푸제르는 양치식물이라는 뜻이며, 이곳엔 천 년 세월에 상당하는 양치식물들이 있으며, 숲도 **빽빽하다**)을 헤치고 나아가며 내가 제임스에게 말한다.

"여기 정말 환상적이지 않아요? 드루이드의 오솔길을 이토록 접근하기 힘들고 제대로 된 곳에 남기다니, 이거야말로 인 시투in situ가 아니고 뭐겠요? 이렇게 깊은 자연림 속에!"

그러다 문득 브르타뉴에서 가장 로맨틱한 선돌들의 은밀한 장소에 우리가 전혀 가까워지지 않고 있다는 사실을 깨닫는다. 솔직히 여기가 어딘지도 모르겠다. 날은 덥고 지치고 급하게 오느라 점심을 걸렀더니 배는 고픈데 처음부터 다시 시작하는 수밖에.

다행히 제임스의 뛰어난 방향감각 덕분에 한 시간 만에 우리는 처음 출발했던 자리로 되돌아온다. 사방을 자세히 살피던 중 말끔하게 정돈된 자갈길을 발견한다. 그 길을 따라 400

미터쯤 가자 갓길에 거대한 나무 표지판 하나가 보인다. 드루이드의 오솔길. 깔깔 웃음이 터져나온다. 맙소사, 드루이드의 오솔길은 차도다. 고속도로 2차선만큼이나 넓은. 택시만 타도 이 신비한 숲의 신비한 심장부로 곧장 들어올 수 있었건만. 15분이면 왔을 거리를!

그리고 소위 거석들 좀 보라. 23개의 거대한 선돌들이 있다더니 대부분은 겨우 1미터 높이에 불과하다. 더구나 선돌들은 불규칙하게 지그재그로 흩어져 있어서 일직선을 그려내려면 진정한 상상력이 요구된다. 선돌이라고? 선돌이라기보다는 아무렇게나 바닥에 내려놓은 돌에 가까워 보인다.

제일 큰 돌도 겨우 1.8미터다. 안고 싶은 생각도 없다.

10여 킬로미터쯤 떨어진 오싹한 임대주택단지로 돌아가기 위한 기운을 되찾기 위해, 인근 공원 벤치에 털썩 주저앉는 사이, 승용차 한 대가 멈춰 선다. 독일인 두 명이 뛰어나온다. 개 한 마리도 함께인데 우연히 이곳을 지나다가 유명한 푸제르 숲에 잠깐 들러볼까 싶었단다. 난 그들의 물병에 시선이 꽂히고 입은 바짝 말랐지만 차마 말을 꺼내지 못한다. 어차피 그리 친절한 얼굴들도 아니다.

둘 중 하나가 내 절실한 눈길을 읽고는 말한다.

"마을까지 태워드리진 못해요. 뒷자리가 캠핑용품으로 가득 차서요."

둘은 폭스바겐에 올라타더니 길을 내려가버린다.

제임스와 나는 간신히 몸을 움직여 기나긴 행군 끝에 D177로 되돌아온다. 그런데 잠깐. 도로 맞은편, 반대 쪽 숲 안으로 표지판 하나가 눈에 띈다. 보물 돌, 또 다른 선사시대 켈트족 거석으로 800미터만 가면 된다.

"어머, 가봐요, 가봐요, 가봐요. 언제 또 푸제르 숲에 오겠어요. 이왕 왔으니까 보물 돌이라도 보고 가요!"

내가 애처롭게 말한다. 그게 나의 마지막 실수였다.

나는 도로 숲속으로 들어가고 제임스는 마지못해 나를 따라오는데, 좁은 오솔길을 내려가니 작은 공터가 나온다. 멈춰 서서 풍경을 훑어본다. 돌이 하나도 보이지 않는다. 그러다 밑을 내려다본다.

보물 돌이란 게 땅바닥에 뒤죽박죽 놓인 다섯 개의 시시한 석판들이다. 이것도 보물 돌이라고 적힌 화살표 모양의 나무 표지판을 보고서야 알았다. 제임스에게 어서 말해주려는데 제임스는 이제 막 공터로 들어서는 중이고, 하루 온종일 투자한 결과가 이렇게 끝나자 나는 어찌나 우습던지 배를 잡고 빙빙 돌며 비틀비틀 웃고 웃고 또 웃느라 말을 할 수가 없다.

제임스가 돌무더기를 무표정하게 응시한다. 그리고 나를 본다. 이 말을 끝으로 다음 네 시간 동안 제임스는 아무런 말도 없었다.

"뭐야, 진짜 나한테 이러면 곤란하지."

터벅터벅 D177의 마을로 돌아와 부르릉거리며 시속 100킬로미터로 쌩하니 지나가는 오토바이들을 향해 엄지손가락을 들어 올릴 때까지 제임스는 입도 벙긋 않는다. 임대주택단지의 쓰러져가는 버스 정류장에서 맥이 풀려 마지막 시내버스만 눈이 빠져라 기다리는 사이에도 제임스는 조용하기만 하다.

푸제르 행 여섯 시 버스에 올라 좌석에 털썩 주저앉을 때도 그는 아무런 말이 없다. 지금의 기분처럼, 지저분하고 운수 사나운 실패자처럼 굴지 않으려 안간힘을 쓸 뿐이다. 버스에서 내려 무거운 걸음으로 호텔 인근 슈퍼마켓으로 가서 에비앙 몇 병을 집어들고, 점원이 들치기 마약 중독자들을 다 내쫓고, 우리가 아침 식사 후 처음으로 마시는 물을 계산해 주기를 기다리는 사이에도 여전히 묵묵부답이다.

음, 어차피 나도 농담 할 기분은 아니었다.

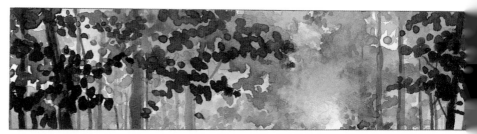

푸제르 숲

드루이드의 오솔길

보울 돌

샤워를 마친 뒤, 와인 한 잔씩을 따르고 나서야 우리는 허심탄회하게 대화를 나눈다. 제임스가 잔을 들며 건배를 제안한다.

"부디 이보다 더 나쁜 일은 없길 바랍시다."

그제야 빙그레 웃는다.

"아, 그럼요, 그럼요."

마치 여행 중 딱 한 번뿐인 일이라는 듯 내가 대꾸한다. 우리는 너무 지치고 쑤시고 기운이 없는지라 문을 연 제일 가까운 식당을 찾는 수밖에 도리가 없다. 그런데 마약 중독자 친구들과 함께 (푸제르에는 깡마르고 지저분하고 노숙자처럼 생긴 젊은 친구들이 엄청 많다) 바를 지키던 지저분한 유니폼의 데면데면한 웨이트리스가 흐물흐물하고 미적지근한 이탈리아 음식을 내온다. 우리가 프랑스에서 먹은 요리 가운데 가히 최악이라고 자신 있게 말할 수 있다. 아니, 이튿날 밤 보르도에서 진짜 말도 안 되는 식사를 경험하기 전까지는 그랬다.

다음날 시작은 나쁘지 않았다. 우리는 주인이 특별한 단지 속에 보관해 둔 아주 좋은 아삼차를 내주겠다며 유난을 떠는 한 카페에서 맛있는 아침 식사를 했다. 그리하여 우리는 푸제르를 향한 어떤 응어리도 없이 마을을 떠났다. 원기를 회복하고 느긋하게, 다시 한 번 모험에 대한 열렬한 마음으로 렌 역으로 향하는 버스에 올랐다.

렌에서 보르도까지는 다섯 시간 거리인데, 열 시간이 걸렸으니 말 다한 셈이다. 낭트에서 열차 고장으로 멀리 돌아간 데다, 알아듣기 힘든 선로 안내 방송에, 푸아티에로의 연결편마저 놓치고 우리는 표도 없었던 테제베에 출발 직전에야 몸을 실었다. 우

여곡절 끝에 저녁 아홉 시가 되어서야 보르도에 도착했다. 그 시간, 보르도는 전역에서 열리는 행사가 한창인데, 마라톤인지 영화 축제인지 너무 피곤해서 관심도 없었다. 자정이 다 되어서야 우리가 찾을 수 있는 유일한 빈방, 궁여지책으로 택한 보르도에서 최고로 시끌벅적한 거리에 위치한 호텔의 답답한 다락방에 짐을 풀었다. 저녁거리는 제임스의 주머니 속 초코바 하나와 에비앙 반병이 전부였다.

모든 길 위의 여행에는 최악의 순간이 필요하다

우중충하고 무더운 다락방에 누워 잠을 설칠 당시 떠오른 사실이다. 이번 여행이 첫 여행도 아니고, 첫 결혼도 아니다. 푸제르에서 부린 나의 심술과 보르도로 오는 길에서 만난 우리의 불운이 우리의 사랑과 여정에 불행한 결말을 야기할 일은 없음을 잘 알고 있다.

연애는 길 위의 여행과 같으며, 길 위의 여행은 연애와도 같다. 처음부터 끝까지 감정의 치열함은 동일하게 지속되고, 각 단계는 예측이 가능하다. 사랑과 여행, 둘 다 오르내림이 있기 마련이다. 새벽녘이 되도록 줄곧 이 생각이 떠나지 않다가 이윽고 잠이 들었다.

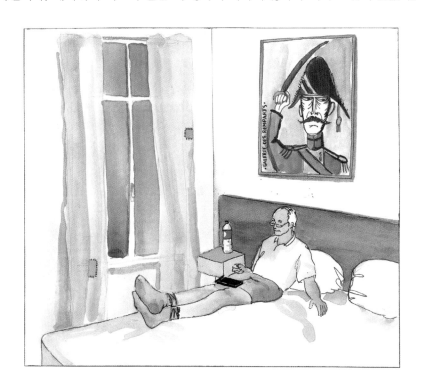

6단계 **안락지대**

기나긴 여정을 위한 준비

기나긴 여정을 준비하는 진짜 사랑, 진짜 여행

만약 길 위의 여행이 연애와 같다면 둘 모두 오르내림이 있는 예측 가능한 코스를 따른다. 그러다가 그 둘이 이르고 싶어하는 종착점은 안락지대다. 고난을 참고 견디며 힘든 날들을 처음부터 끝까지 헤쳐 나가고, 우리 앞에 던져진 문제와 골칫거리들을 통과하여 행복과 안도와 성공을 느끼는 종착점, 바로 안락지대에 다다랐다면 자부심을 가져도 좋다. 우리는 해냈다! 우리는 살아남았다! 영원히 이대로이리라! 참으로 뿌듯한 기분이 들 것이다.

그렇다. 안락지대는 우리가 소속감을 느끼는 곳이자 지금 진행 중인 이 여정이 우리에겐 아주 당연한 일이 된 것만 같은 기분이 느껴지는 그런 곳이다. 또한 이 모든 좋은 감정들이 그냥 감정에서 끝나는 것이 아니라, 보다 영원하고 지속적인 삶의 방식으로 전념하고 싶은 마음이 생기는 그런 곳이다. 사랑에 빠진 연인들에게 안락지대란 연애가 관계로 탈바꿈하는 곳이다. 길 위의 여행자들에게 안락지대란 여행자가 방랑자로 탈바꿈하는 곳이다.

과거의 위대한 방랑자들이 전수해준, 방랑자가 되는 비법들

일본인 마쓰오 바쇼(1644~1694)는 마흔 살에 방랑자가 되기 위해 교직을 포기했을 당시부터 아주 유명한 시인이었다. 그가 경험한 수많은 여정 중에서도, 150일간 혼슈 북동 해안을 따라 1900킬로미터를 걸은 도보 여행이 유명하다. 후일 『오쿠로 가는 작은 길』이라는 제목의 책도 이 여행에 관한 것이다. 이 책에서 그는 새로운 종류의 시, 즉 하이쿠 _{5·7·5의 3구(句)} _{17자(字)로 된 일본 특유의 단시} 를 만들어냈다.

- 가볍게 여행하라. 한 철 여행에 필요한 준비물은 무명옷 한 벌, 도시락 한 개, 비옷 한 벌, 서예 도구, 짚신 살 돈, 모자, 추운 밤을 따뜻하게 지켜줄 여분의 양말이 전부다.
- 일기장을 챙겨라. 밤마다 일기를 써라.
- 내적 성찰보다는 자연과 함께 호흡하라.
- 모든 것을 기록하라. 잠 못 드는 밤들, 이불 속의 벼룩들, 길 위에서 이방인들에게 받은 친절, 따뜻한 대화 등

체코 귀족 출신인 레오폴드 베르히톨트 백작(1759~1809)은 17년 동안 유럽과 터키 제국을 방랑한 후에 여행의 철학에 관한 소책자를 출판했다. 다음은 그의 가장 유명한 저서, 『애

국적인 여행자들에 대한 직접적이고도 오랜 탐구 에세이』(1789)에 나온 내용이다.

- 하층 계급을 상대할 때는 의사소통이 잘 이루어지도록 자신의 계급을 위장할 필요가 있다.
- 타국에서 현지인들과 성공적인 사회화를 이루기 위해 꼭 필요한 세 가지 기술은 수영, 그림 그리고 플루트와 같은 휴대용 악기 연주다.
- 도시보다 외딴 지방의 소작농들이야말로 최고의 탐구 대상이다. 그들에게는 민중의 지혜가 있으며, 탐구를 해도 의심을 사는 일이 적다.
- 천재로 유명하고 기행으로 이름 난 현지인을 찾아, 인류에게 가치 있는 사상들에 대해 대화를 나누고 조언을 구하라. 신속하고 은밀하게 메모하라. 잘못하면 너무 튀거나 스파이로 의심받기 쉽다.

노벨문학상 수상자 존 스타인벡(1902-1968)은 메인 주에서 캘리포니아 주까지 왕복하는 16000킬로미터에 걸친 미국 횡단의 여정을 다룬『찰리와 함께한 여행』(1960)을 썼다.

- 세상 모든 것에는 모양이 있어야 하듯 여행에도 어떤 모양이 필요하다. 없다면 사람의 마음이 그것을 받아들이지 않으려 하는 법이다.
- 여행할 때는 바실란도(vacilando)가 되어야 한다. 에스파냐 어 동사 vacillar에서 온 바실란도는 영어의 vacillating(정신이 헷갈리다)과는 아무런 관련이 없다. 만일 어떤 사람이 바실란도하고 있다 한다면 그는 목적지에 도착하고 안 하고는 아랑곳하지 않는다는 이야기다. 이를 테면 당신이 멕시코시티의 거리에서 바실란도하고 싶다고 해보자. 멕시코시티에는 없을 게 거의 확실한 물건을 목적물로 골라놓고 그것을 찾아내려고 전력을 다해보라. 스타인벡은 감자를 보러 메인으로 갔지만, 감자를 보고 안 보고는 전혀 중요치 않았다. 가지는 많이 보았다.

제임스와 나는 방랑할 준비를 마쳤다. 우리는 마침내 고대의 아키텐 공국이자 거대한 와인 산지인 보르도에 도착했다. 세계에서 가장 유명한 포도밭. 이곳은 미개척의 영역이다. 둘 다 보르도는 처음이다. 덕분에 프랑스에 와서 처음으로 진정 외국에 온 기분을 느낀다. 이곳에서 우리는 그 어떤 선입견도 없이 새로운 통찰력에 기꺼이 마음을 열고, 무엇이든 할 만반의 준비를 갖추었다. 그리고 가장 중요한 사실! 우리는 우리가 나아갈 길과 서로에 대해 편안한 상태다. 우리는 안락지대에 당도했다.

그리하여 노련한 여행자의 자신감으로 일정표나 시간표 혹은 그 어떤 사전 경험도 없이 방랑자의 마음으로 우리 자신과 보르도를 발견하기 위해 출발한다. 마치 여백으로 가득한 지도, 텅 빈 페이지로 가득한 안내책자를 들고 완전히 새로운 여행을 시작하는 기분이다. 스스로 완전히 새로운 여행의 언어를 만들어내기 위해 길을 떠나는 숭엄한 마쓰오 바쇼가 된 기분이랄까. 그리하여 지체 없이 보르도에서 방랑하기 A~Z까지를 소개한다.

Acquired Taste, 경험할수록 좋은 것

방랑은 경험할수록 좋은 것이다. 그리고 경험하면서 서서히 좋아지는 것들(이를테면 블루 치즈, 굴, 칼바도스)이 다 그렇듯 진정한 미식가라면 지고(至高)의 상태를 체험하기 위해 필

요한 양을 정확히 아는 법이다. 따라서 미식 여행가로서 우리는 생테밀리옹의 포도밭에서 지고의 상태를 체험하는데 최소 나흘이 소요될 것임을 잘 알고 있었다. 이 석조 농가는 코트 드 가스티용 에서 우리가 나흘간 묵은 집이다.

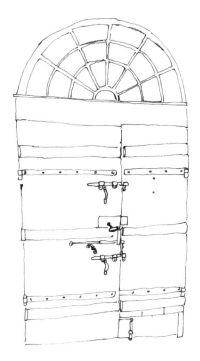

내가 제임스에게 말했다
"고양이만 딸려있으면 완벽한 집인데."

우리의 여행지 고양이,
아망드를 소개한다.

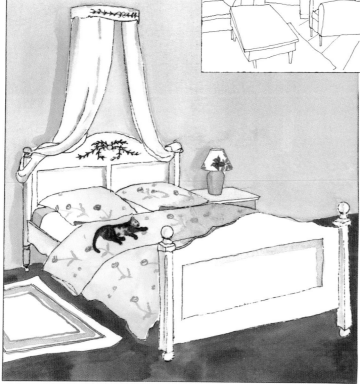

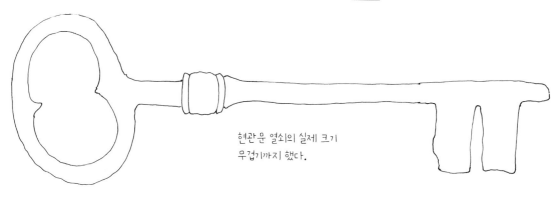

현관문 열쇠의 실제 크기
무겁기까지 했다.

Beaten Tracks, On and Off Of 발길이 닿은 곳, 닿지 않은 곳

보르도의 포도밭은 문명의 교차로라고 해도 틀림이 없다. 역사적으로 켈트 족, 고대 로마인, 서고트 족, 프랑크 족 모두 한때 이 땅을 꿰고 있었다. 와인 양조는 이곳에서 2천 년 넘게 지속됐다. 사자왕 리처드와 헨리 5세 및 아키텐의 여공작 엘레오노르 (루이 7세의 왕비였으나, 이혼 후 영국 왕 헨리 2세의 왕비가 됨)를 포함하는 활기 넘치는 인물들이 대거 포진한 플랜태저넷 가가 등장했다. 이곳은 포도나무 말고도 보고 느낄 역사가 많다. 한편으로는 참 다행이다. 왜냐하면 역설적으로 세계에서 가장 사랑받는 와인의 홈구장에서 포도나무를 내 두 눈으로 직접 들여다보기란 여간 어렵지 않기 때문이다.

보르도의 포도주 제조자들은 귀족적이고 보수적이며 콧대 높기로 유명하다. 캘리포니아 나파 밸리처럼 관광객을 환영해 본 역사가 없다. "캘리포니아 관광 수입이 연간 10억 달러? 그래서 어쩌라고? 정말 못 봐주겠군!"이런 식이다. 보르도의 포도 재배자들은 자기네 집을 누구나에게 개방해야 한다는 불쾌함에 콧방귀를 뀐다. 때문에 와인을 생산하는 보르도 내 8000개의 단지 중 투어를 제공하는 곳은 절반뿐이다. 그것도 아주 제한된 일정에 호화스런 관광으로 기획된 가격으로 말이다.

보르도로 여행을 감행하는 외국인이 별로 없는 까닭도 이런 방문객에 대한 태도 탓이 아닐까 싶다. 아키텐 지역 관광위원회의 2002년, 2004년 통계에 따르면 보르도 방문객 중 80퍼센트가 프랑스 타 지방에서 온 내국인이고, 나머지 20퍼센트를 차지하는 외국인도 대부분 유럽인이다.

Cruise Control 속도 조절

여행자로서 제임스와 나는 게으름뱅이에다가, 관광이나 쇼핑에 특별히 전념하는 법이 없다. 우리는 여행 중 바로 그 순간을 열렬히 즐긴다. 카르페 디엠(현재를 즐겨라!)을 따를 뿐이다. 그래서 우리는 차를 빌린다.

'급할수록 천천히!' 에라스무스의 말이다. 정확히 우리의 계획과 일치한다. 에라스무스는 르네상스기 위대한 방랑하는 철학자였고, 그의 저작들은 계몽주의시대 창건 교리의 일부가 되었으니 어련한 말씀이 아니겠는가.

생테밀리옹에서 북동쪽으로 몇 킬로미터 거리에 있는 생필립데릴의 전경

Dharma Bums 다르마 행려

　다르마 행려는 여러 이름으로 통한다. 마크 트웨인은 한가로이 유럽 대륙 순회 여행을 즐기는 백만장자들을 구여행자라고 불렀다. 최근 들어서는 그들을 나치 여행자라 한다는 말도 들었다. 레게머리와 부족 문신에, 전반적으로 꾀죄죄한 게 특징이다. 어떤 경우든 다르마 행려들을 조심하라. 그들은 자칭 여행의 진실에 관한 전문가들이다. 그들은 다녀보지 않은 곳이 없고 두루두루 다 보았으며, 아침을 먹기 전에도 두 번의 깨달음을 얻었다. 그것도 당신이 해낼 수 있는 것보다 적은 돈으로 그 절반의 시간에 말이다. 그리고 보다 진정성 있게 해냈다고 믿는 사람들이다.

　마크 트웨인의 경고에 따르면 그들의 공통점은 따분하게 하는 초자연적인 능력이다. 우리 방랑자들은 다르마 행려로 탈바꿈하고자 하는 충동에 저항해야만 하며, 길 위의 제 1규칙을 결코 잊어선 안 된다. 즉 여행을 한다고 따분한 사람이 재미있는 사람이 되는 건 아니다. 여행을 많이 한 따분한 사람이 될 뿐이다. 다음 장을 보라.

Epiphanies 현현 평범한 일상에서 갑자기 경험하는 영원에 대한 감각이나 통찰

서둘지 말고 편안히 하라. 원래부터 여행에 대한 교훈이란 없다. 예언자나 성인들에게라면 모를까, 우주가 원대한 비전을 스스로 드러내 보이지 않는 법이다. 집에서 아무리 먼 곳을 떠돈다 해도 아마도 당신은 배제의 대상이리라. 길 위에서든 길 밖에서든 일상생활에서 중요한 건 사소한 것들이다. 즉 인생이라는 수레바퀴에서 당신의 위치를 밝히는 작은 관심이 중요하다. 그게 뭐든 빵 바구니보다 큰 생각은 경계하시라!

선교 활동 차 2년간 사하라로 떠나기 직전 나는 조언을 구하고자 한 아프리카 전문가를 찾았다. 그는 혁명 기간에 독재자들 밑에서, 가뭄과 기근 때로는 홍수를 견디며 장장 20년간 사막에서 토지 관리 프로젝트를 관리했던 사람이었다. 부디 내 목소리 속에 감춰진 두려움을 알아채지 못하기를 희망하며 물었다.

"아프리카에 살면서 가장 중요하게 알아두어야 할 것은 무엇인가요?"

그는 사려 깊은 사람처럼 보였는데, 맥주 한 모금을 마신 뒤 탁자 위에 맥주병을 조심스럽게 올려놓더니 딱 한마디로 조언했다.

"항상 그늘로 걸으세요."

식당에서 제공된 아침 식사

우리 방으로 차려 올려준 저녁 식사

보르도에서의 점심

프랑스에서 점심 식사는 숭고한 활동이다. 프랑스 노동자들은 직업을 가짐으로써 발생하는 자신들의 자유와 박애에 대한 모욕을 오전 내내 견뎌낸다. 그리고 점심시간이면 반란의 한 형태로 두 시에서 네 시까지 휴식 시간을 갖는다. 회사원, 주차단속원, 대학 교수, 상점 점원, 자동차 정비공, 회계사 등 모두가 사회적 지위고하를 막론하고 프랑스 노동자들에게는 육욕을 억제해야 하는 우리와 같은 청교도적 요구가 존재하지 않는다.

프랑스에서는 일중독에서 구원을 느끼는 사람이 없다. 오히려 그 반대다. 그들은 노동이 삶에 부과하는 불균형을 바로잡을 필요를 느끼며, 인생에서 보다 멋진 것을 추구하고자 여유 있는 점심시간을 즐긴다. 좋은 음식, 좋은 술, 좋은 대화. 우리는 프랑스에서는 프랑스법을 따를 생각이다.

날은 평소보다도 따뜻하다. 비는 가볍게 흩뿌리는 정도인데 이 또한 드물다. 어르는 듯한 햇살의 긴 시간들이 온화한 밤 속으로 가만히 사그라진다. 2005년 여름의 보르도는 특별한 풍년의 자취로 온통 가득하다. 와인에 그리고 특별히 점심 식사에.

Feasting 포식

보르도 특별 요리에서 포식이란 이런 것들이다.

지고-우유를 먹인 양의 허릿살, 그르니에 메도켕-조리 식료품점 스타일의 돼지 위장, 베카스-멧도요, 세프 프헤 페르시야드-버섯 스튜, 위트르 그라벳-굴, 라프화-뱀장어, 알로

즈-청어류, 에스튀르종-철갑상어. 재료들은 물론 다 현지에서 재배되거나 잡은 것들이다.

제임스는 못 먹는 음식이 거의 없는 편이지만 나는 미각 면에서는 음치와 동급이다. 또한 회색 빛깔과 미끌미끌해 보이는 음식에 혐오감을 느낀다. 점심으로 달걀 요리를 제공한다는 사실은 그나마 다행이다. 나는 항상 오믈렛을 주문한다.

그런데 보르도에서의 점심은 음식이 전부가 아니다. 바깥주인이, 빈 와인 잔을 안타까워하는 손님이 생기지 않게 확인하며 호들갑을 떨고, 친절한 안주인이 비법 레시피로 재빠르게 최고의 요리를 만들어내는, 후미진 곳의 작은 식당을 찾아내는 임무가 빠질 수 없다. 완벽한 식당 체험을 제공할 곳을 감지하는 건 그리 어렵지 않다. 우리에게는 생각의 단계가 있다.

1단계: 일찍 알아본다. 프랑스 인들은 점심 식사를 진지하게 여기는지라 늦어도 12시 15분에는 식탁에 앉는다. 게으름을 피우다가는 줄을 서야 하는 '오늘의 메뉴'를 놓칠 수 있다. 자칫 값비싼 식도락 정식에 만족해야 한다. 식도락 정식은 관광객에게 바가지를 씌우는 곳임을 암시하는 암호나 다름없다.

2단계: 입간판에 적힌 메뉴가 적힌 시점을 확인한다. 가게 바깥에 의무적으로 진열하도록 되어있는 메뉴판은 필히 방금 손으로 쓴 것이어야만 한다. 글자가 희미하다면 최근 메뉴가 바뀐 적이 없음을 의미한다. 주방장이 제철 특별 요리를 위해 돌아다니지 않는다는 증거다.

3단계: 주차장을 확인한다. 현지인들은 맛집을 꿰고 있기 마련. 주차장에서 자동차 번호판들을 확인한다. 자동차 등록 번호는 지방 번호로 시작한다. 우리는 지롱드 33, 도르도뉴 24와 로트에가론 47에서 온 자동차들을 찾을 예정이다.

4단계: 고양이를 찾는다. 최고의 식당들은 실내장식은 좀 부족하지만 그래도 생기발랄한, 그들만의 뭐라 표현하기 힘든 감각이 존재한다. 벽에 걸린 가족사진 액자, 문 위의 빈티지한 레이스 커튼 그리고 손님들을 이리저리 재는 얼룩삼색 고양이. 고양이가 결정적이다.

5단계: 우리의 모든 기준에 부합하다는 결론이 내려지면 자리를 잡고 앉아, 깨달음의 시간을 기다린다.

Guzzling 보르도에서의 폭식

오메독은 보르도 시 북쪽 지롱드 강둑을 따라 뻗은 48킬로미터의 좁고 긴 땅이다. 왼쪽으로는 솔숲이 대서양의 염풍을 막아주고, 동쪽으로는 아침 태양이 떠오른다. 오메독의 레드 와인은 두말할 것 없이 세계 최고다. 와인 전문가 와너 앨런은 오메독을 이렇게 묘사했다.

"전쟁 중인 대천사들의 원기를 회복시켜줄 만한 영웅적 술!"

와인 감식에는 심오한 자기 이해가 필요하다고 한다. 꼭 와인에만 해당하는 말인지는 모르겠다. 구두를 사고, 헤어스타일을 고르고, 주방에 칠할 페인트를 고를 때도 그건 필요할 것 같다. 어쨌든 알게 뭐람. 난 점심마다 기꺼이 내 와인의 자아를 깊이 탐구할 용의가 있다. 어차피 나와 제임스는 지금 와인의 나라에 있으니. 그리고 이거야말로 우리가 여행을 하는 이유가 아니던가, 우리 자신에 대해 배우기 위해!

보르도의 지리는 다소 복잡하다. 지구상에서 가장 큰 와인 생산 지구로

도르도뉴 강과 가론 강이 만나 지롱드 강 어귀를 형성하는 아키텐 분지 초입에는 460평방마일에 달하는 포도밭이 있다. 이 지역은 다시 19개의 소구역으로 나뉘는데, 일반 와인 여섯 종류와 60개의 원산지 증명이 된 보르도산 와인을 생산하는 8천 개의 포도밭을 포함한다.

다시 말해 이곳은 포도가 자라는 데 영향을 주는 지리, 기후, 포도재배법 즉 테루아르가 신비하게 조합된 최적의 장소다. 와인의 자아를 탐구하기 위한 첫 단계는 애초에 나를 이곳으로 불러온 그 테루아르에 집중하는 것이다.

생테밀리옹은 제임스가 수집하는 와인이다. 이 지역의 아름다운 안개 낀 언덕에 걸쳐진 포도밭은 1000개에 달하는데, 종종 품격 있다고 불리는, 풍부하면서도 포도향이 강하지만 캘리포니아

산만큼 도수가 높지는 않은 와인들이 생산된다. 생테밀리옹은 비유하자면 역도 선수보다는 제비뛰기하는 사람에 가깝다. 이웃한 포모롤과 코트 드 카스티용 코뮌에서도 마찬가지로 훌륭한 와인이 생산된다.

와인잔을 볼까. 프랑스 국립원산지명칭연구소의 공식 와인 잔은 높이가 27센티미터에 용량은 23cl이다. 프랑스 전문 기술자의 솜씨로 만들어진다. 가격은 4달러 정도. 형태는 1970년대에 표준화되었는데, 넓은 바닥과 짧은 손잡이는 이용자 친화적 중량감과 안정감을 선사한다. 시음용 잔으로, 좋고 나쁜 음료의 특질을 고조시키기 위해 디자인되었으며, 부르고뉴 와인보다는 보르도 와인의 복합성을 돋보이게 만드는 잔이라고 알려져 있다.

이름이 길고 어려운 와인잔 '리델 소믈리에 시리즈 보르도 그랑 크뤼'은 높이 27센티미터에 용량은 90cl, 오스트리아의 전문 유리 제조 가문에서 만들어지며 가격은 100달러에 달한다. 1959년에 디자인된 이래 와인 감식가들의 선택을 받아왔다. 정성 들인 장인의 손길로 제작된 잔으로, 넉넉한 크기는 숙성 여부와 상관없이 모든 와인이 충분히 호흡할 수 있는 공간을 제공하며, 튤립 형태는 세계에서 가장 영묘한 음료의 질감과 향미를 돋보이게 해준다. 이 잔의 애호가들에게는 병당 1000달러부터 시작하는 훌륭한 보르도 와인의 온전한 위엄과 강렬함을 드러내주는 비할 데 없는 경험을 제공한다고 한다.

마지막으로 제임스 스톤이 공식적으로 사용하는 가정용 와인 잔이다. 높이는 10센티미터, 용량은 24cl, 원산지는 싱크대 위 주방 선반이며 개당 가격은 3.4달러다. 370그램짜리 잼을 사면 딸려온다. 그렇다. 내 남편은 그랑 크뤼를 잼 병에 마시지만, 그렇다고 하찮은 잼 병은 아니다. 제임스가 제일 좋아하는 라즈베리잼이 들어있는 바로 프랑스산 본마망잼 병이어야만 한다.

Haute Digestion 고급 소화력

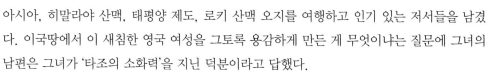

이사벨라 버드 비숍(1831~1904)은 홀로 용감하게 세계를 방랑하며 오스트레일리아, 아시아, 히말라야 산맥, 태평양 제도, 로키 산맥 오지를 여행하고 인기 있는 저서들을 남겼다. 이국땅에서 이 새침한 영국 여성을 그토록 용감하게 만든 게 무엇이냐는 질문에 그녀의 남편은 그녀가 '타조의 소화력'을 지닌 덕분이라고 답했다.

예로부터 타조는 철광석을 먹어도 끄떡없다고 알려져 있다. 방랑자에게는 그런 위장이 필수다. 농담이 아니다. 여행자들은 지구상의 구역질나는 무수한 현지 음식들로 인해 괴로움에 시달린다. 세계 여행자들이 씨름해야 할 요리 종류를 간단히 요약하자면 다음과 같다.

해마구이	고래 기름을 두른 바다표범 지느러미	
전갈 바비큐	원숭이	누에구이
질긴 앵무새	껍질 벗긴 박쥐 구이	순록 혀
새끼 말벌 튀김	진드기 치즈	시큼한 숫양 고환 절임
썩은 상어	젤리처럼 만든 무스 코	썩은 아비새

이곳 프랑스 남서부에서 내가 가장 피하고 싶은 음식은 푸아그라와 피발르 새끼 뱀장어 다. 현지인들은 특별히 보리를 먹여 키운 자기네 달팽이 프티 그리가보다 유명한 에스카르고보다 열 배는 맛있다는데, 나는 별로 구미가 당기지 않는다. 중년이 되어 진기한 요리들에 무관심하다는 이유만으로 부디 나의 방랑 특권이 무효가 되어버리는 일이 없기를.

점심에 와인을 마시면 음식 설명을 대충하게 만드는 경향이 있다. 그렇지만 아키텐의 주요 요리에 대해 언급하지 못하고 넘어간다면 내가 자격 없는 사람이 된 기분이 들고 말리라.

생트푸아라그랑드에서 나는 아주 신기한 종류의 이국적인 향미를 지닌, 허브를 곁들인 오믈렛을 먹었고 생테밀리옹에서 제임스는 '브이(V)로 시작하는 것이 함유된 참치'를 먹었는데, 그 브이가 무엇의 약자였는지는 지금은 기억이 나지 않는다. 포이약에서 제임스는 생선 맛이 나는 그라탱을 먹었고 리부른에서 그가 먹은 루제 노랑촉수라는 생선 는 맛이 좋았다. 나는 언제든 꼬투리 강낭콩에 만족했고, 제임스는 나에게 홍합찜과 그밖에 지롱드 강 하구의 진미들이 훌륭하다고 자신 있게 말한다.

프랑스에서 샐러드를 먹을 때는
잎을 자르지 말고 접어라.

상추 소스를 곁들인 농어 구이,
나물을 곁들인 토스트 위에 제공되는
고트 치즈 메달리온 세 개

화이트 와인과 양파 소스로 조리한 홍합과
물냉이 위에 후추를 뿌린 걸쭉한 마늘 소스로 요리한 치킨

Ironic? 아이러니하지 않은가?

프랑스는 세계 제1의 관광지다. 올해 7500만명의 외국인들이 프랑스를 찾을 예정이다. 이는 세계 제2의 관광지(에스파냐와 미국이 약 3500만으로 동률)의 두 배다. 아이러니하게도 프랑스 인들은 세계에서 가장 여행을 다니지 않는다. 프랑스 인의 85퍼센트가 국내에서 휴가를 보낸다. 프랑스 인들은 집을 떠나는 걸 별로 좋아하질 않는다.

미 통계국이 편찬한 자료에 따르면 1820년대 이후 미국으로 이민 온 프랑스 인은 74만 명에 불과하다. 같은 시기에 수천만 명의 유럽인들이 전쟁과 혁명, 기근과 빈곤을 피해 대륙을 떠난 것을 비교하면 극소수에 불과한 숫자다. 그 무엇에도 프랑스 인들은 자기네 아름다운 고향에서 꿈쩍도 하지 않는다. 어떤 일이 있든 요지부동이다.

그렇다면 프랑스 인들이 잘 떠나지 않는 독특하면서도 심오한 사회문화적 이유라도 있는 게 아닐까. 그런데 프랑스 사람들을 제외한 전 인류가 프랑스로 여행하는 것을 낭만의 극치, 일류 중의 일류라고 여긴다는 점에서 프랑스 사람들의 요지부동은 내겐 매력적이란 생각이든다. 오직 프랑스 사람들만이 시골뜨기로 남는 셈이니 말이다.

A 18h30
Soirée Country
apéritif gratuits
REPAS MEXICAIN
18 €

카페 간판에 호기심이 생긴다. 밤의 나라? 멕시코 음식? 보르도에서? 생필립데 권에서? 여긴 반드시 가봐야겠다.

남녀노소를 막론하고 431명의 마을 주민이 통째로, 포도밭 내 공터에 우뚝 솟은 거대한 천막으로 몰려나온 것만 같다. 그런데 저 카우보이 모자들은 다 어디서 구했을까? 꼭 미국 서부 러브인 1960년대에 히피들이 주로 갖던 사랑의 집회 분위기다. 모인 사람들은 하나같이 카우보이 모드다. 청바지, 술 달린 재킷, 카우보이 부츠, 요크 셔츠까지.

무대 위에서는 특별히 퀘벡에서 날아온 밴드가 컨트리 뮤직과 웨스턴 뮤직의 히트곡들을 쩌렁쩌렁 연주하고, 무도장은 텍사스 주 라레도 시의 최신 라인 댄스를 추는 체크무늬 원피스 차림의 아가씨들로 가득하다. 음악소리가 높은데 가장 인기 있는 곡은 칼 퍼킨스의 '멤피스에서 1마일'이다. 결국 밴드는 그 곡을 두 번 연달아 연주한다.

"금방 올게요."

제임스는 이렇게 말해놓고 터벅터벅 길을 내려가 우리가 묵고 있는 농가로 향한다. 10분 뒤 제임스가 그레이트풀 데드 티셔츠를 입고 돌아온다. 우리 롱아일랜드 인 입장에서는 홀 치기 패션이 컨트리 뮤직에 가장 근접한 옷이다.

레드 와인을 마시는 프랑스 카우보이들로 가득한 긴 테이블에 자리를 잡는다. 검정색 가 죽 할리데이비슨 조끼로 치장한 목동에게 미국에 가봤느냐고 내가 묻는다. 그는 말보로를 길게 한 모금 빨고는 이렇게 답한다. "그게 나의 꿈이죠."

우리는 한밤중이 되서야 자리를 떠고, 다음날 아침 약간의 숙취와 함께 잠이 깼을 때 아 직도 멀리서 컨트리 음악이 들려왔다. 파티는 여전히 한창이었다.

J는 질린(Jaded)의 J

세상 사람들이 세상 모든 곳을 다 가 본 것 같은 느낌이 들 때가 있다. 미국인들은 발리로 가족 휴가를 많이 간다. 영국의 시끌벅적한 젊은이들은 스리랑카로 몰려든다. 중국 공산주의자들은 파리로 쇼핑 여행을 떠나고, 10대들은 홀로 세계를 일주하며, 열두 살짜리들은 에베레스트 정상에 오른 최연소자가 되겠노라 앞다투어 경쟁 중이다. 이런 일들에 질리지 말자.

우리는 참견하기 좋아하고 가만있질 못하는 방랑족이며, 여행은 그야말로 우리의 생활이 아니던가. 그리고 지구라 불리는 이 경이롭고 오묘하며 외롭고 사랑스러운 작고 푸른 관광지를 직접 보기에 지금만큼 좋은 때는 없다. 몇 년 지나 정글이든 사막이든 기념품점을 가득 메운 무리들을 보게 된다면, 지금껏 다녔던 여행들을 되돌아보며 참 좋았던 시절이었다고 행복하게 여기게 되리라.

더구나 대다수의 사람들에게 미답인 상태로 남아 있는 라레올과 같은 곳이 존재한다. 9월의 맑은 날, 여행족인 우리 두 사람은 그곳을 독차지한다. 인구 4천명의 라레올은 구스타브 에펠이 설계한 가론 강 위 현수교로 차를 몰고 가면 닿을 수 있다. 1171년에 지은 프랑스에서 가장 오래된 시청이 자랑거리인 마을이다.

라레올의 유서 깊은 자갈길 옛 돌담 위에 올려진 작은 상자로 다가가는 한 젊은이를 바라보며 나는 시간 속에서 길을 잃는다. 젊은이는 잠시 후 상자에서 작은 곽 하나를 꺼내고는 총총 사라진다. 그 상자가 마을의 유일한 자판기라는 걸 깨닫고, 이 독특한 문물을 살펴보기 위해 천천히 다가가 본다. 콘돔 자판기다. 난 충격에 빠진다. 작은 비누나 조그만 쇠사슬을 엮어 만든 열쇠고리, 그것도 아니면 벌꿀술맛 껌 정도쯤 되겠거니 싶었다. 이런 길 한복판에, 그것도 시대착오의 극치인 콘돔이라니! 상상도 못 한 일이다. 그리고 난 또다시 충격에 빠졌다, 내가 이토록 쉽게 충격에 빠지는 사람이었던가 하며…. 세계 여행 전문가로서 그 어떤 것에도 무덤덤한 사람이라던 나의 주장도 이렇게 무너져버린다.

K는 카르마 Karma의 K

"로장으로 갑니다!"

히치하이커의 말이다.

7,80년대에 히치하이킹을 하며 낯선 이들에게 도움 받았던 그 시절에 대한 의무감으로, 우리는 보르도의 시골길에서 히치하이커들을 찾았다. 생테밀리옹 시 외곽 도로 가에 서 있는 젊은이가 우리가 만난 첫 번째 동료 방랑자다. 오전 9시인데 아직 취한 상태다.

차를 세워줘 고맙다며 감사의 인사를 건넨 뒤, 그가 우리에게 말한다.

"새벽 세 시부터 줄곧 걸었어요. 프랑스 사람들은 히치하이커를 좋아하지 않죠. 전 페르피낭 출신이지만 수확기면 매년 보르도로 옵니다. 로장으로 가시나요?"

둘 다 들어본 적 없는 곳이다. 우리 안내 책자에도 없다. 그래서 우리는 고작 인구 978명의 작은 마을 로장으로 간다. 여긴 별로 볼거리가 없다. 그저 13세기에서 15세기쯤 폐허가 된 대형 성탑 하나. 금세 따분해지려는 찰나 눈에 띄는 게 하나 있다. 문.

문에 새겨진 남자 인어와 여자 인어 부조는 실물 크기다. 이제야 알겠다. '두 바다 사이에'라고 알려진 땅의 중심부가 바로 로장이다. 와인이 있기 전 이곳엔 바다가 있었다. 로마 인들은 이 땅을 아키타니아 _{라틴 어로 물이라는 뜻의 아쿠아에서 온 말} 라고 불렀는데, 서쪽으로는 대서양 해안지대, 북쪽으로는 지롱드 강 어귀 그리고 내륙을 흠뻑 적시는 두 개의 강인 가론 강과 도르도뉴 강이 있어서다.

꼬리가 둘 달린 이곳의 인어들은 로마 인의 아주 오래된 이야기에 등장하는데, 고대 시리아 인들이 숭배했던 인어 여신인 아타르가티스로부터 일부를 취해 만들어진 신화이다.

오, 너무도 탐나는 문이다! 태어나 보니 이런 문이 내 것인, 그런 마을에 나도 한번 살아 볼 수 있다면!

The Low-Down on Motorized Nomading
자동차 유목의 실상

미국에 있는 우리 두 사람 소유의 자동차는 오토매틱이라서 그동안 수동 기어를 운전하는 남편 모습이 별나게 잘생긴 줄 모르고 살았다. 렌터카를 타고 다니는 내내 좋은 점이 바로 그거였다. 달리고 달리며, 매 킬로, 매 시간 제임스의 운전을 자세히 들여다볼 기회가 주어진다. 나는 그의 운전에 대하여 눈치가 빨라졌다.

제임스와 나는 파티장에서 만났다. 이런저런 얘기를 나누던 중 제임스가 나더러 몽키즈를 기억할 나이로는 보이지 않는다고 했다. 내가 답했다. "저 마흔일곱이에요." 제임스는 막 쉰으로 접어들었다. 반 백 년이라는 이정표적 생일에 매료된 나는 무엇으로 생일을 축하했냐고 물었다.

그가 대답했다. "아직 안 했습니다. 보르도로 가면 그때부터 시작이죠."

데이트 3개월 차에 우리는 첫 자동차 여행을 떠났다. 우리는 로드아일랜드 주 롱아일랜드 사운드에 위치한, 제임스가 가장 좋아하는 해변으로 차를 몰았다. 낭만적인 저녁을 즐기기에 완벽한 느지막한 오후였지만 주차하기에는 좋지 않은 때였다. 마을의 마지막 주차장에

서 지저분하기 짝이 없는 마분지에 만차라고 갈겨 쓴 팻말을 들고 선 남자를 보았다. 제임스가 말했다. "저 남자, 매일 새 팻말을 만드는 것 같아요?" 나는 그 말에 배꼽을 잡았고 그와 결혼할 수밖에 없음을 알았다.

프랑스로 오기 전 우리가 함께한 가장 긴 자동차 여행은 제임스로부터 청혼을 받고 일주일 뒤 플로리다에서 롱아일랜드로 가는 1600킬로미터에 달하는 5일간의 여정이었다. 고속도로를 달리는 몹시 따분한 그 시간들은 '우리 생애 가장 위대한 음악 100곡'이라는 활기찬 토론으로 가득 채워졌다. 우리에게 완벽한 1600킬로미터짜리 주제였다.

이 허니문 여행을 마지막으로 내 결혼 생활이 끝나버리지 않기를 바란다면 이국땅에서의 운전에 대한 나만의 특별 팁을 제공하는 일 따위는 삼가는 게 상책임을 누구보다 잘 알고 있다. 그래서 내 의견이 특히 유용할 것 같은 교통 상황에 부딪힐 때마다, 난 그저 심호흡을 하며 눈을 감는다. 나는 좋은 아내가 되는 법을 배우는 중이다.

Over the Hill 언덕 너머

　왜 나이 들어서 귀찮은 일을 자청하며 여행을 하는 걸까? 난생 처음 세상에서 해방된 스무 살 때, 여행하는 중년 부부들과 종종 마주칠 때면 그들이 안타까울 따름이었다. 나이 들어 하는 여행이 부질없는 일임을 정녕 모른단 말인가? 그때는 풍경에서 가장 큰 부분은 바로 나였다. 그 진실을 확인코자, 모든 곳에 가서 모든 것을 보는 건이 나의 의무였다. 내 눈으로 보지 않으면 세상은 그 어떤 방식으로도 존재가 불가능한 듯했다. 나이 든 이들은 내가 전혀 모르는 과거에 살았고, 따라서 나와는 무관했다. 여행은 마흔을 넘긴 이들에게는 너무 늦은 일이었다. 보잘것없는 몸을 프랑스로 데려오기까지 그토록 오랜 시간이 걸렸다는 것만으로도 상상력이 결핍된 탓이라는 확실한 증거가 아닐까? 나, 이 위대한 비비안은 그들의 절반 나이에 이곳에 와 있건만! 나는 스물이었고 세상에서 가장 자기중심적인 여행자였다.

　난 지금 그토록 시시하고 마뜩찮게 여겼던 그 중년의 여행자가 바로 나임을 누구보다 잘 알고 있다. 스무 살의 나에게 꼭 해줄 말이 있다.

　세상을 귀히 여기는 마음을 배우는 데 얼마나 많은 시간이 걸리는지, 세상 속 네 자리를 소중하게 여기는 데 얼마나 많은 세월이 필요한지, 넌 아마 알 수 없을 거야.

　나이 들면서, 너와 나 중 누구라도 지금 이곳에 있다는 사실이 얼마나 놀라운 일이자 기적인지를 깨닫게 될 거야. 과람하고도 한없는 선물의 결과로 말이야.

　그리고 나이가 들수록 더 잘 알게 될 거야. 떠나고 나면 이 모든 것을 얼마나 그리워하게 될지 말이야. 어차피 너의 출현으로 세상이 그리 바뀌지 않을 뿐더러, 세상에 있어서 너라는 존재가 그리 중요한 것도 아니란다. 그러나 세상은, 이 세상은, 네가 언젠간 경의와 감사 속에서 여행하게 될 이 세상은 너에겐 전부였단다.

My Pilgrim Soul 나의 순례자 영혼

　프랑스는 그 어디라도 세상 어디에도 없는 곳의 한가운데가 될 수 있지만, 몽테뉴 성이야 말로 한참 외진 곳이다. 엄밀히 말하면 도르도뉴 지역, 여느 명소에서 몇 킬로미터 떨어진, 보르돌레 평원의 가장 끝자락이다. 나는 르네상스 시대의 사상가이자 작가인 미셸 드 몽테뉴(1533~1592)의 탑 도서관 순례 차 이곳을 찾는다.

　허리를 굽히고 아주 작은 13세기 문간으로 들어가, 경사진 돌계단을 살금살금 올라 꼭대기 층의 어둑어둑한 방으로 향한다. 아무것도 없는 벽과 얼마 되지 않는 가구들이 몽테뉴의 금욕적 삶의 정신을 증명한다. 그런데 사람들이 이곳을 찾는 주된 이유는 천장을 보기 위해서다. 천장을 올려다보고 나무 들보를 바라보는 나의 심장이 쿵쾅거린다. 몽테뉴의 나무 들보! 들보마다 몽테뉴가 가장 좋아했던 플리니우스, 키케로, 세네카, 플라톤, 소크라테스 등 고전주의 사색가들의 명언이 새겨져 있다.

　이를 체득하는 데 걸리는 시간은 10분이면 족하다. 정말 정말 작은 방이다. 그래서 나는 프랑스 인 관광객 다섯 명을 안내 중인 중년 여성에게 주의를 돌린다. 내가 들어본 중 가장 특이한 말소리다. 나는 말씨에는 좀 귀가 밝은 편인데, 그녀의 말씨는 보통 구어체 프랑스 어와는 완전 딴판이다. 길게 늘이며 굴리는 R과 유별나게 말끝을 자르고 잘난 체하는 표현들을 쓰면서 애써서 목청을 가다듬는다.

　그녀의 말을 듣고 있으니 괴팍스럽기 그지없었던 프랑스 어 선생님이 생각난다. 그 선생님은 징징거리는 미국인들 말씨 때문에 귀가 아프다면서 미국인들은 입술 사이에 연필을 물고 큰 소리로 플로베르를 읽으면서 프랑스 어를 말할 줄 아는 제대로 된 입 근육을 만들어야 한다고 입버릇처럼 말했다. 이 안내원은 그 연필을 가져다 양치질이라도 하고 있는 것 같은 소리를 낸다. 그 목소리를 도무지 5분 이상은 견뎌낼 재간이 없다. 배도 고프다. 나는 탑을 나와 몽테뉴 성의 포도밭을 거닐고 있는 제임스를 찾았고, 우리는 점심을 먹으러 생트푸아라 그랑드로 향한다.

Quaintitude 퀘인티튜드를 조심하라

퀘인티튜드 보여주기 식 겉치레로 만들어낸 운치(quaintness) 에서 작가가 만들어낸 말 는 관광지에서 발견된다. 파푸아뉴기니에서 페루의 안데스 산맥까지 어디에나 존재한다. 여행이라는 단어가 럭셔리, 가족, 모험 혹은 휴가라는 말을 앞세우는 곳에는 어디에나 존재한다. 퀘인티튜드란 쉽게 접근 가능한 감상적인 소비자 체험이자, 대중을 대상으로 한 직접 경험의 복사판이다.

프랑스는 퀘인티튜드가 낮다. 이디스 워튼이 자신의 책『프랑스 식과 그것의 의미』(1919)에서 그것을 다음과 같이 설명하고 있다.

"프랑스 인은 외국인들에게 자신의 프랑스스러움을 드러내는 노고를 결코 하지 않는다."

생트푸아라그랑드에는 퀘인티튜드가 없다. 이곳은 도르도뉴 강의 아주 오래된 마을이지만 놀이공원, 역사문화유산 탐방로 혹은 5성급 호텔을 세우려 기를 쓰지 않는다. 워터파크나 아트 페스티벌, 예술제, 시낭송 혹은 재즈 콘서트도 찾아볼 수 없다. 재즈마저 없다. 그야말로 현실적이다. 왠지 무시 받고, 사건이란 것도 없고, 아주 멍청해진 기분이다. 이 마을이 참 마음에 든다.

퀘인티튜드가 없는 또 하나의 도시

생매케르는 프랑스에 살고 싶어서 일을 그만두고 싶어질 때 한 번쯤 꿈꿔볼 만한 그런 도시다. 무엇보다 크기가 적당하다. 1500명 인구는 흥미로운 이웃들을 다양하게 만나보기에 부족함이 없으면서도, 이웃들과 키우는 고양이 이름을 알고 지내기에 딱 좋을 정도로 작은 크기이기도 하다.

특히 내가 좋아하는 타입의 유적지들도 있다. 수도원과 도시를 둘러싼 성벽이 있다. 1152년에서 1453년까지 아키텐의 공작들은 생매케르에 몹시 우호적이었고, 가론 강의 항구 마을은 점점 부유해졌다. 그러나 18세기에 말 그대로 강의 흐름이 바뀌며 먹고살 길이 막막해지자 상인들이 떠나갔다.

좋은 소식이라면, 그 시절 이후, 시간이 이 마을을 비껴갔다. 현지 와인은 예전 그대로 약간 쌉쌀하고 복숭아와 까막까치밥 열매의 맛과 향이 감돈다.

노간주나무와 계피 향으로 마을을 가득 채우는, 인근 작은 솔숲에서 불어오는 산들바

람도 한결같다. 중심가의 15세기풍의 방 두 개짜리 작은 집(위 그림 참조)의 시가는 8만 유로다.

그리고 이곳엔 마스까레, 즉 프랑스에 마지막으로 남은 거대한 만조가 있다. 지롱드 강으로부터 흘러온 대서양의 바닷물이 가론 강으로 포효하며 올라와 강의 물살에 부딪히며 2.5미터 파고를 형성한다. 오래 전에 없어진 하천선 무역에 많은 남자들이 종사하던 당시 현지인들에게 이 현상은 두려움의 대상이었다. 지금은 아키텐의 잘생긴 젊은이들이 최고조에 이른 해일을 마음대로 주무른다. 서핑을 즐기기에 딱 좋은 시기다.

피아말로 사랑스러지 않을거야

The Road Not Taken 가지 않은 길

'캐딜락'은 조니 할리데이가 부른 최고의 명곡이자 보르도에서 남쪽으로 27킬로미터떨어진 가론 강가에 위치한 마을의 이름이다. 그리고 지금은 우리 미국인들이 자동차의 도시라고 부르는 곳, 뉴프랑스(미시건 주)의 황무지에 포트 디트로이트를 설립한 앙트완 모스 카디야 경의 고향이기도 하다.

그리고 캐딜락은 영어로 말했을 때 훨씬 듣기 좋은 몇 안 되는 프랑스 어 단어 중 하나다. 영어로 하면 마치 제일 멋진 가죽 재킷을 걸칠 때의 느낌을 표현하는 의성어처럼 발음하기가 쉽다. 프랑스의 엘비스로 불리는 조니 할리데이는 캐딜락을 귀청을 찢는 듯한 멜로드라마로, 조금은 과장된, 포효하는 블루스로 불러 나의 마음을 아프게 한다. 그가 노래 '캐딜락'에 준 그 아픔, 그 욕망, 그 역사의 무게는 모두 꿈의 땅에서, 더 나은 곳에서의 새로운 누군가가 되고 싶은 갈망을 이야기한다.

나는 나 자신을 미국으로 흩뿌리리라. / 난 법을 만들리라,

금속과 공장들을/ 나는 디트로이트를 설립하리라.

(번역하지 않은 프랑스 어로 부를 때 훨씬 듣기가 좋다.)

나는 이 노래가 좋다. 이 노래를 들으면 눈물이 난다. 조니 할리데이는 노래를 할 줄 아는

가수다. '캐딜락'은 젊은 프랑스 인 소농이 낡은 보르도의 더께로부터 벗어나 미국으로 달아
나고픈 갈망을 노래한 팝송이다. 그것이야말로 팝송의 심오한 주제임을 인정하지 않을 수
없다. 그리고 모든 자동차 여행에는 좋은 주제곡이 필요한 법인지라, 바로 이 곡이 우리의
주제곡이 되었다. 앙트완 모스 카디야 경이 걸어온 길인 아키텐을 오르내릴 때면 더더욱 그
러했다.

조니 할리데이를 향한 나의 오랜 흠모의 현장에 꼭 한 번 가보고 싶었다. 짧게나마 언젠
가는 캐딜락을 꼭 찾아보고 싶었다. 그런데 막상 그날이 왔을 때, 난 그럴 기분이 아니었다.
제임스와 나는 여생을 생매케르에서 아키텐 사람으로 살다가는 모습을 상상하고, 마을의
역사와 매력을 느끼면서 오랫동안 느긋하게 산책을 즐겼다. 그렇게 엄청난 재창조에 대해
사색하는 일은 여간 피곤한 일이 아니다.

그런데 때가 왔을 때 나는 생매케르 시외의 D1113을 타지 않았다. 나는 16킬로미터에 불
과한 앙트완 모스 카디야 경의 고향으로 가는 길로 차를 몰지 않았다. 나는 캐딜락으로 가
지 않았다. 왜냐하면 더는 새로운 정보를 대하지 않고 그저 남편과 함께 아늑한 카페에 잠
시 머무르며 좋은 와인 한 잔을 마신 뒤 낮잠을 자고 싶은 마음뿐이었기 때문이다.

느닷없는 길 위의 권태감, 최고의 방랑자들이라면 으레 겪을 수 있는 일이다.

Totems 토템

앞으로 다시는 상추 한 통을 전과 똑같은 눈으로 보기는 어려울 듯싶다. 우리는 신선한 프랑스 농작물을 파는 곳을 만날 때마다 차를 세웠다. 제임스에게 농작물 판매대는 놓쳐서는 안 될 곳이다. 그에겐 모든 채소 장수는 권위자이며, 모든 행상은 사계절의 위대한 상인이다. 제임스는 생야채를 키우고, 팔고, 차려내는 사람들과 이야기 나누기를 좋아한다. 하지만 무엇보다도 그중 하나를 사서 손수 다듬고 맛보는 것을 좋아한다.

모든 여행에는 그 자체를 상징하는 토템, 여행의 모티프가 있기 마련이다. 우리의 토템은 양상추다.

아래 그림은 오메독의 대서양 해안에 위치한 몽탈리베레방 해변에서의 제임스다. 늦은 아침이고 날이 더워서 셔츠를 머리에 둘렀다.

스위스 아미 나이프로 토마토와 바게트를 한 조각 자르고, 점심 전 간식 삼아 그 위에 양상추까지 얹는다. 태양, 파도 그리고 생야채. 그에겐 진정 프랑스에서의 가장 행복한 순간일지도 모르겠다.

해변을 벗어나니 지역의 중심가는 마을 저편 주차장이다. 이곳은 성수기에는 행상들과 휴가 인파들로 넘쳐난다. 그러나 지금은 비수기라서 옹기종기 모인 음식 가판대들이 전부다.

나는 테이블 앞에서 제임스의 벗은 가슴이 실례가 될까봐 조마조마했지만, 짐짓 우리가 프랑스 어를 모를 거라 생각하며 눈썹을 치뜨고 자기 친구에게 욕을 중얼대는 사람은 한 명도 없다.

'지금 아는 걸 그때 알았더라면' 식의 걱정 따윈 하지 않았을 것. 몽탈리베레방은 나체주의자들의 수도다. 1950년 프랑스 나체주의자 연방이 이곳에 나체주의자 전용 센터를 세웠고 마을은 여름마다 수천 명의 나체주의자로 넘쳐난다. 성수기에 이곳 사람들이 볼 수밖에 없는 광경들에 비하면 제임스의 벗은 가슴은 새 발의 피다.

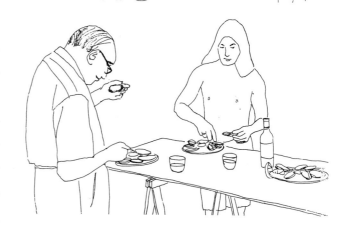

Unfinished Business 미결 사항

보르도에서 캐딜락까지 쭉 뻗은 도로, 왼쪽 강둑에서 바라본 가론 강 풍경, 우회하느라 지나쳐 버린 내 이름이 들어간 마을 생 비비엥 데 메독, 생테밀리옹 남쪽의 거석 하나, 유럽에서 가장 큰 모래 언덕. 지난주에 놓치고 만 것들이다.

하지만 후회 없는 여행이 무슨 의미가 있을까? 내 손으로 뒤집지 않고 두고 온 돌멩이들과 가지 않은 길, 가로선을 긋지 않은 t와 아직 점을 찍지 않은 i를 갖는다는 것, 그게 인생이다. 그게 바로 우리가 나아가는 이유이자 한 번 더 기회를 갖고자 결코 포기하지 않고, 서부로 가는 이유다. 그게 바로 내가 한 번 더 길을 나서고 돌아와서 또 다시 길을 떠나는 이유가 되리라.

A Vacation from the Vacation 휴가 중의 휴가

아무리 깊은 사랑에 빠졌다 해도 온종일, 밤새, 쉬지 않고 동행한다는 것은 비정상적이다. 타국이라는 스트레스도 존재한다. 언어, 돈, 식욕, 기분 등과 같은 모든 사소한 것에 협상이 필요하다. 포이약에서의 어느 오후, 메독 반도에서 더 북쪽으로 갈 건지, 그라브 포도밭 여행을 위해 남쪽으로 방향을 돌릴 것인지를 두고 입씨름을 벌인다. 방향을 잡지 못하고 결론을 내리지 못했다. 어느 한쪽도 특별히 끌리는 곳이 없었다. 그러다 우리는 서로를 쳐다보고 포기를 선언한다. 어차피 우리는 많은 약속을 지키기 위해 이곳에 온 게 아니다.

제임스가 말한다.

"가서 차 한 잔 해요. 난 와인 하우스나 살펴볼 테니까."

아, 한두 시간 주어진 혼자만의 휴식 시간. 나는 강변에 위치한 인적 없는 길가의 카페에 앉아 지롱드 강에서 보르도로 천천히 내려가는 대형 컨테이너 선들을 바라본다. 엽서 몇 장을 쓴 뒤 일기용으로 몇 가지 메모를 끄적이고, 미끄러지듯 정박지로 들어서는 요트들을 구경한다. 지기 시작한 태양이 돛대 끝에 걸릴 무렵 제임스가 합류해 와인 한 잔을 주문한다. 그러고는 북쪽으로 방향을 정한다. 종업원이 건네준 청구서를 본 나는 조금 화를 내며 따진다. 차 한 잔과 레드 와인 한 잔에 14.70유로라니! 종업원은 꼼꼼히 자신의 덧셈을 확인하는 척한다.

"이런, 중복해서 계산을 했네요!"

나는 한숨을 내쉰다. 다시 원래 휴가로 돌아왔군.

Wayworn 여행에 지치다

메독에서 보낼 우리의 마지막에서 세 번째 밤, 나는 꿈을 꾼다. 갑자기 신발이 발보다 너무 커진다. 걸을 때마다 신발이 계속 벗겨지며 움직일 수가 없다. 그래서 나는 으깬 감자와 브로콜리로 양말을 가득 채운다. "이제 이 빌어먹을 신발이 맞겠지." 하고 내가 말한다. 꿈속에서조차 나는 알고 있다.

메독에서의 마지막에서 두 번째 밤. 우리는 느지막이 술락 쉬르 메르의 민박집 진입로에 들어선다. 민박집에서 안주인이 나와 잔디밭을 가로질러 오더니 외친다. "안 돼요, 안 돼! 저기 세워요, 여기 말고!" 결국 제임스는 차를 3미터 이동시킨다.

안주인은 찡그린 얼굴로 팔짱을 끼고 주시한다. 좋은 첫인상에 대해 눈곱만큼의 관심도 없는 사람은 서비스업에 종사해서는 안 된다는 생각이 드는 중이다. 다른 집을 알아보기엔 너무 피곤해서 신경 쓰기도 지친다. 그러다 잔디밭에서 우리 쪽으로 움직이는 무언가를 발견한다. 히말라얀 고양이다. 나는 차에서 뛰어내려 고양이를 부르고는 마치 사랑스러운 내 고양이라도 되는 양 품에 안는다. 고양이가 가르릉거린다. 안주인이 말한다. "희한하네. 보통은 사람들한테 관심도 없는 녀석인데."

고양이 이름은 조이. 안주인의 시집 안 간 이모가 키우던 고양이였는데, 이모가 작년에 세상을 떠났단다. 실상 내게 놀랄 만한 이야기는 안주인이 고양이에 관심이 없다는 것이다.

민박집을 살펴보니 안주인은 물건에는 엄청 관심이 많은 사람이다.

자수 놓은 베개, 직접 그린 유화, 진열장과 작은 탁자들, 도자기 조각으로 가득한 선반들, 뭔지 모를 크리스털, 요란한 자기 알들, 기념품 찻잔들. 이 물건들은 이 집에서 휴식을 누릴 자격이 있다고 생각하는 사람들을 조롱하기 위해 존재하는 것만 같다.

하지만 난 지쳐있고 안주인한테 엄청 예쁜 고양이가 있고 안주인의 남편은 유쾌하며 조이를 아주 잘 돌봐주는 따뜻한 남자다. 어쩌면 안주인의 물건들은 그냥 물건일 뿐일지도.

이튿날 아침, 식당에는 커다란 찻주전자와 갓 구운 크루아상이 우리를 기다리고 있다. 조이는 우리가 아침을 먹는 내내 내 무릎을 지킨다. 안주인은 식탁에 동물을 두는 건 정상이 아니라며 핀잔을 주었지만 난 정말 행복하다. 프랑스를 통틀어 내가 먹은 최고의 아침 식사다. 긴 길 위의 여행에서 가장 믿을 만한 것 중 하나. 내가 필요로 할 때, 그곳엔 늘 고양이가 있다.

오메독에서의 마지막 날이다. 베르테이에서 괜찮은 크뤼 부르주아 와인을 생산하는 포도밭인 샤토 르 소울리를 발견한다. 이 포도밭의 18세기식 저택은 정말 마음에 드는 B&B로 변신했다.

늦은 오후의 유쾌한 시간이다. 제임스는 테이크아웃용 컵에 와인 한 잔을 따라 마을 구경을 하러 나간다. 나는 머리를 감고 남편을 찾아 나선다. 인구 1143명의 베르테이는 소위 지역 관광지라고 해봤자 29킬로미터 떨어진 교회 하나와 42킬로미터 떨어진 동물원 하나뿐인 마을이다. 다시 말해 별 볼 일 없는 곳이다. 하지만 우리 같은 사람들에게 제격인 곳이다. 나는 문 닫힌 빵집 앞에서 제임스를 발견하고, 우리는 함께 마을을 두 번 돌아본다.

저녁을 먹으러 포이약으로 차를 몬다. 내 메모에는 저녁이 훌륭하다는 말에 밑줄이 두 번 그어져 있다. 먹었던 음식 때문이 아니라, '보르도 저녁 식사와의 작별'이라는 메뉴를 먹었던 정박지에서 가까운, 등불을 밝힌 야외의 작은 식당 덕분이다. 방으로 되돌아오니 밤 열 시다. 양말을 빨아 창턱에 걸어놓고 잠자리에 든다. 나는 과자 공장에 사는 꿈을 꾼다.

까닭 없이 둘 다 새벽 네 시에 잠이 깬다. 아주 어둡고도 고요한 시각. 우리는 침실 창문을 열고 창밖으로 몸을 빼 별들을 바라본다. 그러곤 다음 날 여행 계획을 두고 소곤소곤 이야기를 나눈다. 제임스는 30년 동안 간직했던, 아끼는 스위스 아미 나이프를 잃어버려서 걱정이 많다. 내일 차 안을 꼼꼼하게 뒤져봐야겠다.

아니, 잠깐. 벌써 오늘이다.

X,

Y,

Zen Navigation 선(禪) 항로의 좌표

X = 인생이라는 길 위에서의 제한된 시간

Y = 매 시간, 매일, 당신이 소유한 영원

Z = 당신이 취하는 매 걸음은 일생에 단 한 번뿐인 무한한 것이다.

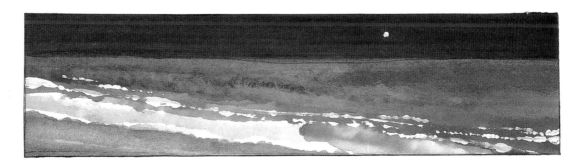

보르도 스케치북

보르도라는 이름으로 병에 담길 수 있는 포도는 법적으로 여섯 종류뿐이다.

카베르네 쇼비뇽(CABERNET SAUVIGNON)
음울한 귀족
거기에다 특별함을 더한다.

메를로(MERLOT)
파티의 스타
거기다가 강한 향과 달콤함까지

고귀한 카베르네 프랑(CABERNET FRANC)
담배 향, 라즈베리 향, 후추 향의 섬세한 여운

건방진 프티 베르도(PETIT VERDOT)
보랏빛, 바나나 향
가죽 향
연필 부스러기 향

말베크(MALBEC)
괴짜
짙고도 좋은 향(감초 향, 토스트 향)
깊은 자둣빛

천상의 카르메네(CARMENERE)
스모키 향, 알싸한 맛, 흙 향
초콜릿 향과 참나무 향

그들을 섞으면 (절대 여섯 가지를 한 번에 섞지는 말 것),
결과는 장담 못 함.

얇은 천에 묻힌

에스파냐 담배

꼬마 거북

낮의 공작

아폴로

작은 진주

개구쟁이 로버트

지도

불꽃

블랙베리 브램블의 성인

여명

생-푸아-라그랑의
프랑스 나비 전시회에서

아르고스

아주 오래된 질문,
우리는 여기에서 어디로 갈까?

보르도에서의 목요일 아침이다. 뉴욕으로 돌아가는 비행기는 월요일 오후 파리 드골 공항에서 떠난다. 파리까지는 582킬로미터, 몽파르나스 역까지 기차로 세 시간이다. 오늘 우리를 그곳으로 데려다 줄 기차는 여덟 대다. 그러나 우리는 그동안 작은 도시들의 속도와 평화에 익숙해진지라, 둘 다 파리의 부산스러움을 대하고 싶은 열렬한 마음이 없다.

그래서 마지막 낮과 밤만 파리에서 보내기로 의견을 모은다. 그렇게 정하고 나니 근사한 마을에 은신할 사흘 낮과 밤이 생긴다.

우리는 지도를 본다. 투르는 지금 이곳과 파리의 중간 지점인데, 제임스는 루아르 계곡에서 하루 동안 자전거를 타고 싶단다. 렌터카에서 짐을 꺼내다가 지난 이틀 동안 행방불명이었던 제임스의 빈티지 스위스 아미 나이프를 발견했다. 일이 잘 풀린다.

생장 역에 정차 중인 투르행 기차가 14분 후 출발이다. 여행 시간 두 시간 반, 적응 시간 30분, 투르의 매력적인 호텔 중 하나에 체크인하는 데 몇 분. 우리는 오늘 오후 세 시까지 새 보금자리에 자리를 잡아야 한다. 그게 목요일의 계획이다. 아직 금요일과 토요일에는 무엇을 할지 모르지만 일요일에는 파리에 있어야 한다. 떠날 때까지 나흘 낮, 사흘 밤이 남았다.

여행에서 가장 전략적이고도 조심스러운 시간 운영이 필요한 시점이다. 따라서 하루하루 더욱 더 유한해지는 중이다. 길 끝으로의 카운트다운이 시작되었다.

보르도-생피에르데코르 간 고속열차에서 보내는 엽서

보르도에서 투르로 가는 고속열차. 최고 시속 300킬로미터로 스쳐 지나가는 풍경은 흐릿하기만 하다. 그러나 기차 여행은 자동차 여행으로부터의 우아한 변화다. 운전이 필요 없다! 생각이 필요 없다! 표지판 해독도, 도로의 표식을 찾는 일도, 똑같이 당황스럽기만 한 도로의 갈림길 사이의 선택도, 지도에 없는 시골길을 알아차릴 일도, 그 어떤 결정도 필요치 않다. 기차에 타자마자 우린 근심 걱정이 사라졌다. 나는 이런 여행이 정말 좋다.

7단계 길의 끝

길의 끝은 헤어짐과 여러 모로 비슷하다

스릴이 사라지는 연인과 여행자들에게 나타나는 다섯 가지 징후

하나, 로맨틱한 저녁 식사나 사랑의 쪽지를 보내는 일이 현격히 줄어든다.

관계형성에 관심도가 현격히 떨어지기 때문이다. 루아르 계곡으로 들어가는 여정이 시들하기만 하다. 이번 방문이 다섯 번째인지 여섯 번째인지보다는 이곳에서는 길의 끝으로 가는 것 말고는 달리 갈 곳이 없다는 사실을 아는 게 서글퍼서다.

둘, 갑자기 낯선 사람이 된 듯 상대방의 행동을 이해하지 못한다.

알 수 없는 이유로 보르도에서 출발한 열차는 투르로 직행하지 않았고, 우리는 투르행 셔틀 열차를 타야 했다. 유일한 매표원이 알려준 역 맨 끝의 텅 빈 승강장에서 40분을 있다 보니 슬금슬금 의심이 피어났다. 지친 몸을 끌고 다시 역사로 갔다. 매표원은 그곳이 투르행 셔틀 열차의 유일한 승강장이라고 확언한다. 관광객의 어리석은 질문이라는 두려움을 무릅쓰고 내가 우는 소리로 물었다. "열차, 오늘 중으로 올까요?" "오늘이요? 아뇨, 오늘은 운행 안 해요!"

셋, 사소한 치고받기식 앙갚음으로 상대방을 벌주고 싶을 정도로 분노가 쌓인다.

프랑스 매표원들을 타도하라, 투르를 타도하라, 나는 씩씩댄다. 출발 전광판을 올려다본다. 10분 뒤에 아제르리도로 출발하는 열차가 있다.

넷, 이미 너무 무심해져서 관심과 이해를 얻고자 싸울 생각마저 들지 않는다.

아제르리도에 도착하자 다섯 시였고 우리는 아침을 먹은 후로 쫄쫄 굶었다. 목도 마르고 배가 고파 죽을 지경이라 진이 다 빠졌다. 몇 차례 고배를 마신 후에 마을 중심부에 있는 금방이라도 무너질 듯한 별 두 개짜리 호텔에 방을 얻었다. 피로로 무감각해진 탓에 우리는 아제르리도의 매력을 감지하지 못했다. 인근 피자 가게에서 간단히 저녁을 먹은 뒤, 방에 틀어박혀 와인 한 병을 따고 텔레비전을 보며 저녁을 보냈다.

다섯, 그 사람이 없는 삶을 생각하기 시작한다.

서아프리카에서의 2년간의 평화봉사단으로 근무가 끝나기 4개월전 나는 특별한 카운트다운 달력을 만들었다. 남은 고역의 날들을 대변하는 빼곡한 네모 칸 속 숫자들. 난 이어서 그 남은 날들이 총 몇 시간인지 계산한 뒤 잠잘 시간을 빼서 깨어있는 시간의 총 합계를 계산해냈다. 평화봉사단과 아프리카가 없는 나의 삶을 시작하려면 그 시간을 견뎌야만 했다. 바야흐로 이번 프랑스에서의 끝이 임박한 순간이므로 다시 카운트다운을 시작할 때다.

이제부터 카운트다운 루아르 계곡의 하이라이트 톱 텐(10)을 뽑아본다.

No.10 나는 대사 없이 동작이나 시각적 화면요소로만 웃기는 프랑스식 개그를 좋아한다. 프랑스 인들은 자연이 자연 그대로인 것을 썩 좋아하지 않는다. 그들은 데카르트 신봉자들로 유명하며 모눈종이를 즐겨 쓰는 것도 같은 이유다. 시골에서 나무들을 일렬로 심는 것도 바로 그 때문이다. 세월이 이렇게 흐른 뒤에도 여전히 참 재미있게 다가온다.

No. 9 그동안 호텔 방에 앉아 주야장천 프랑스 텔레비전 보는 시간을 왜 더 자주 갖지 못했을까? 집에서는 절대 그런 프로를 본 적이 없다. 노바스코샤로 이민을 온 독일인에 대한 프로, 나를 지극히 당황스럽게 한 게임 쇼. 그리고 마침내 아주 오래된 캐리 그랜트의 고전 영화 「아세닉 앤 올드 레이스」를 볼 기회를 얻는다. 그것도 영어로!

No. 8 아제르리도 마을의 커튼들은 아주 매력적이긴 하지만, 마을 이름은 커튼(리도 rideaux)에서 온 게 아니라 13세기 이곳에 살았던 리델(Ridel) 가문의 이름을 딴 것이다. 어쨌든 이런 커튼을 가질 수 있다면 평생 행복할 텐데.

No. 7 가게 주인이 어깨를 으쓱한다. "어느 날 갑자기 나타나더니 눌러 살아요." 주인은 개를 좋아하는 사람인 듯싶다. 이 고양이가 함께라서 좋다는 걸 왠지 인정하길 꺼리는 걸로 봐서는! "이름이 고양이예요. 영국인 관광객들이 아주 좋아해요." 나는 기념품으로 냉장고 자석 하나를 산 뒤, 값을 매길 수 없는 물건이 되어 포즈를 취하고 있는 고양이의 사진을 찍는다.

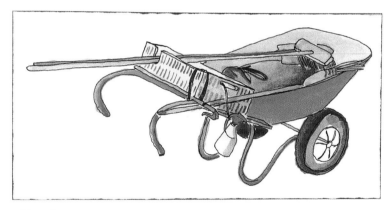

No. 6 누군가 자신이 맡은 일에 자부심을 느낄 때 바로 이런 모습이 아닐까? 아제르리도의 거리 청소부는 자신의 수레를 최고의 효율과 섬세함으로 정리한다. 빗자루 두 종류, 삽 하나, 쓰레기 막대기 하나, 분무기 세정제 한 병, 쓰레기봉투 하나, 잡동사니용 통 하나. 게다가 하나같이 딱 필요한 자리에 있다. 그 청소부는 자기 '사무실'을 들여다보는 나를 보고 인상을 찌푸린다. 그런데 다시 생각해보니, 무엇을 기대하겠나? 그도 프랑스 인인 것을.

No. 5 아제르리도 중심가에 위치한, 분주한 만남의 장소인 이 카페에 들어가려면 개를 넘어가야 한다. 그런데 아무도 신경을 쓰지 않는 눈치다. 젊은이나 노인이나 문간의 장애물을 넘어가면서도 눈을 흘기거나 불평의 한숨을 내쉬는 이가 한 사람도 없다.

잠시 일이 한가해진 사이, 카페 주인이 앞치마에 손을 닦으며 문간에 모습을 드러낸다. "사장님, 개가 참 좋아요!" 하고 내가 큰 소리로 말을 건넨다. 그가 고쳐 말한다. "우르스예요." 곰이라는 뜻이다. 나는 웃는다. 그가 덧붙인다. "르 메이어." 최고라는 뜻이다.

아제르리도 사람들에게는 뭔가 특별한 게 있는 게 분명하다. 이 개처럼 혹은 기념품 가게의 그 고양이처럼 뜻밖의 장소에 마스코트가 있어서만은 아니다. 내 친구 바바라가 아제르리도에 대한 가장 생생한 기억이라며 들려주기를, 몇 년 전 우아한 프랑스 친구의 가족들을 만나기 위해 이곳을 찾았다가 그 집에서 키우는 애완용 돼지 에글랑틴도 함께 만났다고 했다. 그 돼지는 응접실에서 차를 마시는 내내 친구 옆에 앉아 친구의 핸드백 속에 코를 박고 있었단다.

이 마을은 내 취향이다.

No. 4 루아르 계곡은 미인 선발대회라고들 한다. 이곳의 모든 고성들은 여왕이라는 타이틀을 걸고 경쟁하는 공주들이다. 이런 성들 옆에 살게 된다면 이런 곳에서 일상적인 삶을 누리겠다고 주장할 수 있을지 궁금할 따름이다.

No. 3 루아르 계곡에는 300개가 넘는 성이 있다. 일부는 문화유산으로 보존되고, 일부는 호화로운 호텔로 개조되었으며, 일부는 은둔 생활을 하는 백만장자들의 사유 재산이다. 폐허가 되다시피 한 시농 성은 이곳의 고성들 중에서 규모가 가장 크다. 성의 옛주인은 아키텐의 고단한 여공작 엘레오노르다.

권력과 부의 상속녀로 15세에 프랑스 여왕이 된 그녀는 잉글랜드의 헨리 2세와 달아나기 위해 모든 것을 버렸다. 프랑스 왕족이 된다는 건 그녀에겐 따분한 일이었으며, 요란스런 플랜태저넷 가의 왕좌는 그녀의 능력 이상이었다. 어떻게 한 여인이 그 많은 역사를 책임질 수 있었을까?

이 마을은 데자뷔의 빛깔로 빛나는 터라 더욱 끌린다. 시농의 건축가들은 백토라 불리는 돌에서 나는 페일 골드 블록재가 세월이 흐를수록 더욱 아름다워지리라는 사실을 잘 알고 있었다. 진정한 사랑 그리고 어느 전설적인 여왕들처럼 말이다. 이들 석회석 절벽에는 중세의 석공들이 남기고 간 동굴들이 있다. 동굴 속은 항상 습도가 느껴지는 서늘한 15도이다. 이런 특별한 기후는 오직 이곳과 안데스 산맥 높고 으슥한 우림에서만 만날 수 있다. 어마어마한 양의 현지 와인을 숙성시키는 데 사용하는 이 동굴들은 균류학자들의 에덴동산이

다. 혹시라도 파리에서 샤슈르 소스 일명 버섯 소스로, 양송이가 가장 대중적 를 주문할 일이 있다면 버섯을 제공해 준 루아르 계곡에 감사를 표하길! 이 동굴에 사람이 거주하기는 하지만 그들을 보기는 매우 어렵다. 일부 안내 책자에서 이 외진 동굴들을 호빗굴이라고 부르는 것도 그 때문이다. 시농은 꼭 한 번 작정하고 가볼 만한 곳이다.

나는 카페에 앉아, 나와 점심을 함께 하기 위해 어딘가에서 자전거를 타고 올 제임스를 기다리는 임무를 충실히 이행하는 중이다. 엘레오노르도 잘 알다시피 시농의 이 높은 곳에서 사랑하는 남편의 모습을 보는 것만큼 가슴 뛰는 일도 없으리라.

No. 2 루아르 강변에서의 부브레 한 잔!

『축복의 잔』이라는 1958년 작 소설에서 바바라 핌은 어느 희한한 봄날에 대해 "공기가 특별히 맑고 햇살은 밝고 부드러우며 대기는 마음을 누그러뜨리는 힘으로 가득한 그런 특별한 날들 중 하루"라고 썼다. 그녀는 그 공기는 루아르 강변에서 마셨던, 아마도 부브레 와인인 듯한 은은한 화이트 와인과도 같다고 썼다. 나는 바바라 핌의 열혈 팬이다. 그래서 난 이곳에서 바로 그 와인을 마실 때까진 집으로 돌아가지 않으리라.

No. 1 의무적인 프루스트 풍의 순간

그날 오후, 제임스는 시농에 나타나지 않았고 그런 가능성은 늘 있는 법이다. 길 위에서는 어떤 만남도 예기치 못한 상황으로 달라질 수 있다. 그래서 나는 와인을 마저 비우고 마을로 내려가 '유니콘'으로 갔다. 시농의 유일한 스코틀랜드 술집이다. 그곳이라면 딱 알맞은 양의 위로와 좋은 차 한 잔을 기대해도 좋다. 케이크도 있다.

저녁나절 아제르리도에서 다시 만난 제임스가 절뚝거린다. 위세 성 근처 좁은 길에서 다가오는 푸조 자동차를 피하려 방향을 틀다가 자전거가 박살났단다. 그래도 빌랑드리까지 와서 나에게 줄 선물을 하나 주워왔다. 유명한 정원에서 발견한 깃털 두 개. 확실하지는 않지만 나이팅게일의 깃털일지도.

프랑스에서 우리의 마지막 금요일 밤 만찬 메뉴는 순수하게 페이드라루아르식이다. 잘 알려진 바는 아니지만 사실 마르셀 프루스트「잃어버린 시간을 찾아서」를 쓴 프랑스 소설가는 차와 케이크를 그리 좋아하지 않았다. 입맛은 별로 까다롭지 않은 편이었고 루아르의 푸짐한 특산 요리와 야생동물 요리 그리고 현지 허브를 많이 넣어 맛을 낸 민물 생선을 특히 좋아했다. 그러나 제임스와 난 루아르 염소고기치즈 코스와 함께하는 부츠 수프와 샐러드면 족하다.

레스토랑의 구석진 높은 선반에는 라디오 하나가 놓여있는데, 내 귀엔 비슷하게만 들리는 프랑스 팝송들이 단조롭게 웅얼거린다. 그러다 갑자기 모든 단어가 귀에 쏙쏙 꽂히는 곡이 흘러나온다. 거의 30년 전 멜로디, 너무 오래 전에 잊어버린 곡이며 마음으로나 거리로나 나를 집에서 가장 먼 곳으로 데려갈 여행의 배경음악이다. 불현듯 오랫동안 잊었던 댄스 파트너들, 처음으로 캐비아를 먹었던 때, 마지막으로 이드 알 아드 하 이슬람력 제12월 10일에 지내는 이슬람 교의 축제 를 찾았던 기억, 파리에서의 눈, 니제르의 우기, 감칼레 아프리카 니제르의 도시 와 샹젤리제의 소리들이 떠오른다. 이제야 알겠다, 이 순간을 위해 그 모든 길들이 있었음을. 모든 길들이 다 그러하듯 말이다.

문득 내가 프랑스에 평생 머물렀던 것 같은 느낌이 든다.

다음 목적지, 샤르트르에서의 24시간

11킬로미터. 투르에서 샤르트르까지의 거리다. 우리 미국 사람들은 그걸 삼단뛰기라고 부른다. 식은 죽 먹기. 하루면 족한 일요일 날의 드라이브. 문제없다.

"아뇨, 불가능합니다."

투르 기차역의 매표원이 나에게 딱 잘라 말한다. 내가 프랑스 국유철도 시간표를 내밀며 투르의 이 역에서 정확히 12시 31분에 출발하는 샤르트르행 열차를 손으로 가리켜 보여도 그는 요지부동이다. 그래서 나는 다음 창구로 쿵쾅거리며 걸어가 샤르트르행 12시 31분 열차 표 두 장을 달라는 나의 요구를 되풀이해 말한다. 그 매표원은 곧바로 나에게 표를 준다. 한 장에 20.4유로.

미국에서는 일이 되게 하는 것이 힘을 과시하는 방법이다. 규칙 위반이나 예외를 두거나, 청탁에 의한 것이라면 더더욱 그렇다. 그러나 프랑스에서는 '아니오'라고 말하는 것(특히 관료주의적으로 타당한 요구라면 더더욱)이 힘을 과시하는 방법이다. 나는 화가 치민다. 역장실로 달려가 오늘 12시 31분에 투르에서 샤르트르로 가는 게 불가능하다고 생각하는 그 거만하고 작은 매표원에 대해 큰 소리로 불만을 쏟아낸다. 나는 프랑스 국유철도 공식 불만 신고서를 받아든다.

마침내 샤르트르행 12시 31분 열차에 오른 뒤에도 난 여전히 씩씩거린다. 나는 길 위에 있을 만큼 있었다. 이방인이 된다는 것도, 나의 모국어로 욕설을 퍼부을 수 없는 것도 지긋

지긋하며 프랑스 어가 신물이 난다.

페조에서 한 귀여운 10대 커플이 마분지 상자로 만든 애완동물 캐리어를 들고 열차에 오른다. 여자아이가 캐리어를 가만히 무릎 위에 놓자 남자아이는 동물의 상태를 확인하며 캐리어 안을 들여다본다. 둘 다 매우 조마조마한 얼굴이다. 이윽고 여자아이가 캐리어 안으로 손을 넣어 앙고라토끼 한 마리를 꺼낸다. 둘이서 토끼를 안심시키는 말을 중얼거리더니 여자아이가 토끼 머리에 입을 맞춘다. 남자아이는 허리를 숙여 토끼와 코를 비빈다.

샤토뒹에서 한 젊은 힙스터가 구부정한 자세로 열차에 올라탄다. 나는 억지로 웃음을 참는다. 헐렁한 청바지에 야구 모자, 게다가 끈도 묶지 않은 스니커즈 차림. 마치 콤튼에서 막 튀어나온 래퍼 같다. 분홍 리본으로 묶은 앙증맞은 케이크 상자를 들고 있는 점만 빼면 그렇다. 콤튼(Compton)은 미국 LA에서 흑인 갱들이 모이는 곳으로, 걸출한 래퍼들이 여럿 나왔다.

어느 틈에 난 이 여정을 즐기고 있다.

불과 2주일 후, 프랑스 국유 철도 고객관리부에서 보낸 편지가 나의 롱아일랜드 집으로 배달되었다. 투르 역에서 매표원으로부터 당한 고초를 진심으로 유감스럽게 생각하고 있으니 믿어달라고 간청하는 내용이다. 그러나 너무 때늦은 사과다. 열차가 샤르트르에 도착할 무렵, 난 이미 프랑스와 다시 사랑에 빠진 뒤였기 때문이다.

왠지 모르겠지만 샤르트르 성당에 몇 번을 왔어도 성당 바닥을 제대로 보지 못하고 지나갔다. 그런데 발밑에 보물이 있다. 성당 회중석, 석조 바닥이 시작되는 부분에 세계에서 마지막으로 온전히 보존된 중세 미로 중 하나가 남아있다. 보통은 나선형 모자이크 위로 긴 의자들이 줄줄이 배열된다. 하지만 정기적으로 정해진 날 교회 직원들이 의자를 다 치우면, 800년 된 돌 세공이 모습을 드러낸다.

그러나 난 그 정기적으로 정해진 날에 그 미로를 보고 싶지는 않다. 그런 날이면 성당에 사람들이 우르르 몰려드는 데다가 샤르트르의 미로를 무릎으로 '통과'하는 그 과시적 참회자들 속에 끼고 싶은 마음이 없기 때문이다. 나는 나 홀로 오롯이 그 미로를 대하기를 원한다. 그래서 일부러 성당이 쉬는 날을 골라 이곳을 찾는다.

제임스가 나를 도와 의자 몇 개를 치워내고 난 무릎을 꿇고 돌바닥을 어루만진다. 이 닳고 닳은 좁은 길에 만들어진 예루살렘으로의 그 모든 상징적 여정들을 떠올리며, 이 베르쉐르의 포석들을 매만졌던 모든 기도하는 사람들을 떠올린다. 의자를 제자리에 돌려놓으라는 교회 관리인의 고함 소리를 듣고서야 깊은 생각에서 빠져나온다.

샤르트르 미로는 폭이 12.455미터이다. 순례 길은 길이가 262미터에 달한다. 그 거리를 무릎으로 기어가려면 족히 한 시간은 걸린다. 게다가 폭이 33센티미터에 불과하다. 추월 금지다.

샤르트르는 나에게 충격으로 다가온다. 1992년 내가 마지막으로 이곳을 찾았을 땐 1975년 첫 방문했을 때와 똑같이 칙칙하고 쇠퇴한 소도시 그대로였다. 30년 전 프랑스의 모든 가게가 무료입장은 아니라는 것을 나에게 가르쳐 준 바로 그 샤르트르였다. 당시 나는 코롱드 거리의 식료품점을 둘러보는 중이있는데 (5분? 10분?) 가게 주인은 내가 좀 지나치게 오래 머문다는 결론을 내리고 발끈하며 프랑스 어로 욕을 퍼부었다. 그러더니 문간으로 뒷걸음질 치는 내 얼굴에 대고 크림 프레슈(생크림의 일종)통의 국자를 마구 흔들어댔다. 좋았던 옛 시절의 샤르트르에서는 쇼핑은 민주적 절차의 하나가 아니었다. 무료입장 즉 가게에 들어가 아무것도 사지 않을 자유는 보장되지 않았다.

그렇지만 나는 정확히 그 옛날의 샤르트르가 좋았는데, 그거야말로 아주 프랑스적이기 때문이다. 괴팍스럽고 케케묵고, 사회계급제에 민감한. 나는 이러한 프랑스다움 때문에 프랑스를 나쁘게 본 적이 한 번도 없었다.

그런데 현재 샤르트르는 급속히 발전 중이다. 기차역 인근의 오래된 둥근 흙바닥은 확장되고 포장되고 조경이 되어, 그럴듯한 광장으로 탈바꿈했다. 도로는 넓어지고 가게 입구는 페인트칠이 되고, 곳곳에 새 호텔들이 들어섰다. 성당 주변 거리는 자동차 통행금지 구역이 되었고, 포장되어 보행자 전용 쇼핑몰이라는 용도에 맞게 개선되었다. 그리고 오늘 그 거리들은 토요일 오후의 쇼핑객들과 유모차를 밀어대는 젊은 엄마들, 유동인구를 떠받치는 관광객들, 대여섯 명씩 몰려다니며 여행하는 10대들로 발 디딜 틈이 없다.

제임스는 치즈 가게로 들어간다. 그는 늘 그랬듯이 장인의 치즈에 감동을 받는다. 나는 늘 그랬듯이 그 냄새가 괴로울 따름이며, 샤르트르에 대한 나의 오래된 기억이 이 새롭고 빛나는 샤르트르-보그 (사이보그에 빗대어 작가가 만들어낸 말)에 흡수되고 있다는 것 또한 괴롭긴 마찬가지다. 제임스는 질 좋은 염소고기치즈를 찾아 통로를 어슬렁거리고 나는 계산대 근처에서 그를 기다린다. 나는 하릴없이 가격표를 주목하며 진열된 치즈들을 응시한다. 저렇게 많은 킬로그램에 저렇게 많은 유로라니. 마음속에 우울함이 차오르고 무어라 묘사하기 힘든 모호한 안타까움이 밀려드는데, 순간 치즈 장수의 애절한 눈길과 마주친다.

내가 그에게 말한다.

"유로로 바뀐 후로 프랑스는 처음이거든요. 슬프네요. 프랑스에 프랑이 없다니."

나는 프랑이 없는 프랑스에 있다는 게 슬프다고 했다. 내가 하고 싶었던 말은 '프랑이 그립다'는 말이었는데 이 말을 프랑스 말로 하려면 직접 목적어 자리에 단어 manquer(그립다는 뜻)을 재귀용법으로 써야만 한다. 나는 이 단어가 좀 짜증스럽게 느껴지기에 피하는 편인데 어쩔 수 없이 사용했다. 프랑스 말은 물건이나 사람이 그립다는 표현이 좀 이상하다.

그리고 프랑스의 치즈장수에게 불쑥 이러한 고백을 해버렸다는 사실이 당황스러울 따름이다.(프랑스에서는 가게주인과 손님 사이의 친밀한 잡담이 미국에서처럼 의례적인 일이 아니다) 때문에 치즈장수의 공감 어린 반응에 도리어 깜짝 놀란다.

"우리나라에서도 슬퍼한답니다. 모든 게 변하죠!"

그 역시 슬픈 얼굴이다.

나는 그의 눈에서 우리가 지닌 과거의 기억들로 인해 소외감을 느끼는 나와 그의 슬픔을 본다. 나는 1975년 샤르트르를 목격한 스무 살의 나로 인해, 그는 이제는 슈퍼마켓 치즈를 사먹는 90퍼센트의 프랑스 인들로 인해.

순간 내 남편을 보니 얼굴에 함박웃음을 짓고 있다. 샤르트르에는 농가에서 염소젖으로 만든 치즈의 종류가 워낙 다양하기 때문에 선택권이 많다. 그리고 난 몽상에서 깨어난다. 모든 것이 변하지만 때로는 더 좋게 변하기도 한다. 이를테면 나에겐 이렇듯 훌륭한 새 여행의 동반자가 생겼으며, 그건 얼굴에 생크림 덩어리가 묻은 채 쫓겨나는 것보다야 백 번 나은 일이다.

독자 여러분에게

프랑스는 그림으로 그리기에는 재미있는 나라다. 독자 여러분을 위해 내가 본 그 경이로운 것들을 보여드리고자, 상점 진열창에서 메뉴판에서, 길을 따라가며, 그 이면의 풍경과 동물과 사물을 그리며 큰 기쁨을 누렸다.

그중에서도 이 그림(옆 페이지 그림)이야말로 내가 그리면서 가장 즐거웠던 그림이다. 나는 하늘에 정확히 들어맞는 색깔을 만들어내려 세심한 노력을 기울였다. 프랑스에서 가을처럼 느낀 최초의 일몰이었다. 온화하면서도 처음으로 한기가 감도는. 성당 탑의 정확한 층수와 샤르트르 지붕들의 알맞은 경사를 구하기 위해 유난을 떨었다. 특히 우리 호텔 방 창문의 경첩에 각별히 주의를 기울였다. 진짜 프랑스식 창문이 있다면 필요한 일이다. 프랑스

식 창문들은 방 안쪽으로 열린다. 나는 제임스를 현실에서와 똑같이 잘생겨 보이게 그리기 위해 부단히 노력했고, 손에는 아끼는 스위스 아미 나이프를 놓으면 안 된다고 누누이 강조했다.

나는 우리의 만찬을 세밀하게 표현하는 일에 집착했다. 제임스의 여행 중 마지막 생야채, 내가 먹으려고 포장해 온 채 썬 당근 요리, 테린느 파테 한 조각, 바게트 빵. 오! 나의 디저트, 아몬드 크림 빵을 담은 불룩한 포장지에 달린 분홍 리본까지도! 이 모든 것을 내가 얼마나 사랑스럽게 그려냈는지 알아봐 줄는지?

샤르트르에서의 토요일 밤, 2005년 9월의 맑은 저녁, 길 위에서 보낸 우리의 마지막에서 두 번째 밤이다. 이 프랑스 음식들은 내가 가장 그리워할 음식들이며, 이 호텔 방의 전망은 내가 결코 잊지 못할 전망이며, 이 남자야말로 내가 삶을 사랑하는 이유이다.

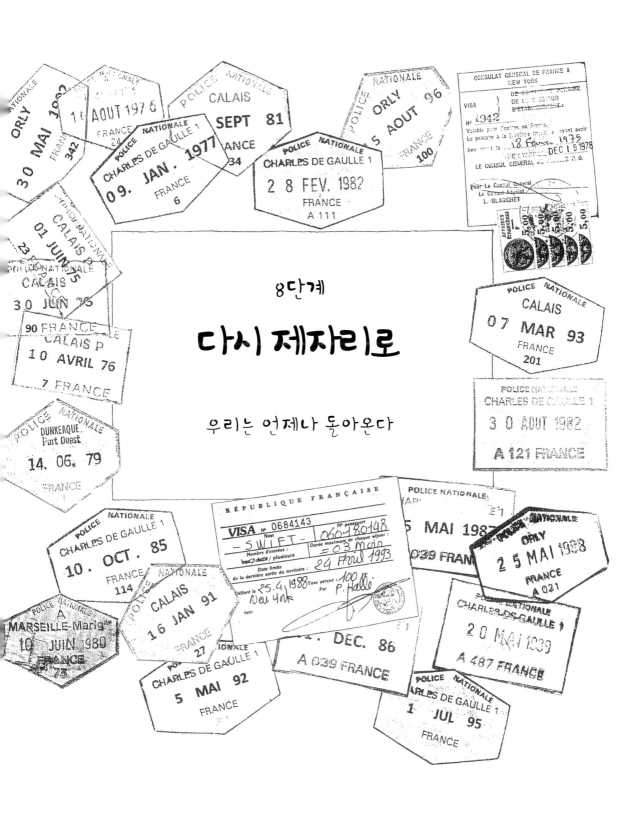

8단계

다시 제자리로

우리는 언제나 돌아온다

우리는 사랑에 빠지는 걸 멈출 수 없다

2002년 미국 국립보건통계센터 자료에 따르면 미국인 가운데 75퍼센트는 적어도 한 번은 결혼을 하고, 이혼한 사람 중 75퍼센트는 다시 결혼을 생각한다. 그중 54퍼센트는 이혼 후 5년 안에 재혼한다. 남자 중 12퍼센트와 여자 중 13퍼센트는 평생 두 번 결혼한다. 남녀 중 3퍼센트는 세 번 혹은 그 이상 결혼한다. 그렇다 우리는 사랑에 빠지는 걸 멈출 수 없다는 것을 통계가 증명하고 있다.

역시나 우리는 여행을 멈출 수 없고 통계는 그것도 증명한다. 유엔 세계관광기구 보고서는 2005년, 올해에 제임스나 나와 같은 여행자들이 8억4천 2백만 번에 걸쳐 해외로 나갈 거란다.

그 수는 5년 내에 1억 명이 증가할 것이며 세계에는 193개국이 있지만 지구를 방랑하는 여행자 중 12명당 한 명꼴로 프랑스로 향할 것이며, 프랑스 관광청에 따르면 프랑스로 오는 여행객의 3분의 2가 재방문객이다.

연인과 여행자들에게 한 가지 분명한 사실, 우리는 언제나 돌아온다.

파리, 마지막 24시간, 시작했던 그곳으로 되돌아오다

몇 주를 이 나라에서 보내고 다시 수도로 돌아왔다는 사실이 그저 놀라울 따름이다. 파리의 인파와 소음 그리고 삶의 규모는 너무도 분주하고 너무도 요란하며 너무도 화려하다.

그러나 호텔에 체크인을 하고 제7구를 간단히 산책하며 우리는 도시와 보다 융화된 기분이다. 그리고 한참 동안 케도르세 파리 중심가의 가로 를 걷다보니 파리와의 작별에서 오는 우울한 기분을 떨치는 데 조금 도움이 된다.

일요일 한낮, 대기 중에는 여전히 여름 기운이 남아있다. 내일 오후 우리는 뉴욕으로 돌아가는 비행기에 오른다. 그리고 내일, 이곳 파리에 다시 그린 아워가 찾아오면 카페 '두 개의 궁전'에 우리가 앉았던 자리는 비어 있으리라. 내일, 늦은 오후의 태양이 센 강에서 은빛으로 빛날 때, 햇살은 다른 이들의 영혼을 따스하게 밝혀주리라. 내일, 푸른 비단결 같은 저녁이 우리가 없는 파리에 내려앉으리라.

그래서 오늘은 이 마지막 몇 시간을 기억하는 일에, 다소 긴 작별을 고하는 일에 전념하려 한다. 자, 작별의 크루아상과 오늘을 시작한다.

우리는 왜 여행을 하는가?

아마도 여행자들의 수만큼이나 무수한 이유들이 존재하겠지만 내가 아는 여행자들에 근거해서 또한 통용되는 몇몇 인기 가이드북과 잡지들을 직접 읽어본 바에 따르면, 여행을 하는 상위 다섯 가지 이유는 다음과 같다.

1. 쇼핑을 위해 ★

2. 텔레비전에서만 볼 수 있는 것들을 직접 보기 위해 ★

3. 유명한 것들 앞에서 인증 샷을 찍기 위해 ★

4. 우리의 문제로부터 벗어나기 위해 ★★

5. 오랫동안 큰 호기심을 가졌던 사람들과 교류하기 위해 ★★★

6. 크루아상 때문에 ★★★★

★　　　1, 2, 3: 한마디로 관광객

★★　　4. 열대 해변이나 교전 지역으로 떠나는 사람들에게는 사실

★★★　5. 쇼핑객(관광객)과 여행자를 구분하는 기준

★★★★ 6. 100퍼센트 문화적으로 상호 작용하는 여행을 달성하진 못했다면,

　　　　그곳엔 늘 크루아상이 있다.(작가가 작별의 크루아상에서 새로운 다음 여행을 암시하는 것으로 해석됨 ─편집자 주)

크루아상

차 한 잔

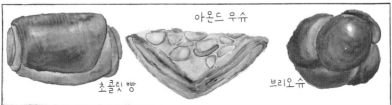

아몬드 무슈

초콜릿 빵

브리오슈

제임스가 스마트카를 발견한다.
"이 차를 주머니 속에 넣어 집에 가져가면
얼마나 좋을까!"

감상적인 여행

우리는 왜 여행을 할까? 난 내가 심오한 이유가 있어서 여행을 하는지, 혹은 심오한 이유들이 필요한지조차 잘 모르겠다. 우리는 왜 사랑에 빠질까? 나에겐 나의 이유가 있고, 당신에겐 당신의 이유가 있다. 사랑과 여행에 관한한 분명한 건, 기쁨은 평생을 가고, 불행엔 항상 그만한 가치가 있다는 사실이다. 난 확실히 프랑스를 떠날 준비가 되었다. 이 여정은 물 흐르듯 자연스러웠고 잊지 못할 오르내림의 순간들이 있었으며, 따라서 수많은 현재의 순

간들은 추억으로 또한 조금은 지혜로 쌓였으리라. 그러나 원래 그런 법 아닌가. 아직 프랑스 땅을 떠나지도 않았는데 우린 벌써 다음 여행을 이야기한다.

여행, 사랑, 삶 모두 다 지도를 만들어내는 탐험의 과정이다. 프랑스를 떠나며 제임스와 나는 우리만의 새로운 정신적 지도를 가져간다. 새롭게 발견된 영토, 다시 그려진 경계, 우리가 이전에 알았던 것보다 더욱 넓고 깊게 지정된 영역들. 고마워요 프랑스, 메르씨! 그리고 안녕! 아, 잠깐. 그리고 마지막 인사 하나, 또 만나요!

여행에서 챙긴 기념품들

오마하 비치의
모래

생말로의
자갈

생테밀리옹의
찰흙

오-메독의
가론 강 자갈

시농의
백토

감사의 글

『사랑의 기회를 잡다』의 저자이자 나의 숙모인 에밀리 말린에게 감사드린다. 이 책을 통하여 나는 사랑과 여행에 대한 이론을 설명할 수 있게 되었다. 나는 정말 행운아다.

조앤 피셔는 진정한 세계 여행가이자 탁월한 일상의 모험가다. 내가 아는 사람 중, 동네 산책을 맨해튼에서 시작해 베를린에서 마칠 수 있는 유일한 사람이다. 그녀가 자신의 훌륭한 발명품 즉 주머니 크기의 여행 스크랩북을 나에게 보여주었을 때, 내가 쓴 책에 꼭 소개해야겠다고 마음먹었다. 이 책의 17쪽을 보시라.

또한 다음 분들에게 고마움을 전한다.
모든 우아한 것들과 앨라배마에 대한 나의 조언자 캐롤 댄포스
인간의 모습을 한, 날개 달린 격려자 데보라 S. 파렐
훌륭한 취향과 유머를 자신의 아름다운 책들에 보여준 바나 디자인즈의 바바라 핀월
플랜태저넷 가의 환생이 틀림없는 것 같은 귀부인 기타나 가로폴로
비슷한 미술 분야의 여행가 메리앤 가스탈도
뼛속까지 예술가인 셰릴 겝하트
서부 해안의 센 언니 레이첼 코펠

여행가이자 작가이자 동맹자, 파리지엔의 영혼을 지닌 텍사스 여전사 자넷 리

작가이자 책을 끝까지 쓰는 법을 아는 남부 출신의 어여쁜 아가씨 캔디스 랜섬

다정하고 전문적이며 유쾌한 사람들이 곁에 있다는 게 작가의 사기에 끼치는 엄청난 혜택을 과소평가하지 말 것. 고마워요, 프랭크 스카랑겔라, 프랭크 스카랑겔라 주니어

나를 오마하 비치, 29사단으로 이끌었으며 나의 삶을 변화시킨 당신의 아버지, 제임스 A. 말로이에 대해 나눈 운명적인 대화에 대해 감사드려요. 조 몰리

1944년 6월 6~7일 오마하 해변을 습격한 D-Day의 29사단 참전 용사들에게, 그들은 역사적인 115, 116, 175보병대로 2차 세계대전 당시 노르망디에서 라인 지방까지 싸워나갔습니다. 당신들의 헌신과 우정에 감사드립니다. 29사단병, C중대, 제임스 A 말로이의 삶과 죽음에 관한 나의 연구에서 받은 도움에 대해 다음 분들에게 특별히 감사를 드립니다.

29사단 역사학자 조셉 발코스키

175보병대(제임스의 절친), C 중대 해롤드 뵈켈라어르

메릴랜드 군 역사학회의, 예비역 준위 아아빈 둘리

중사, 중대장, C 중대, 175보병대, '레지옹 도뇌르 훈장 기사장' 윌리엄 도일

위생병, 2대대, 175보병대, 구 29사단협회 회장이자, 29사단협회에서 발간한 『29사단병들』의 편집자인 도널드 맥키

나를 과대망상(나는 낯 두껍게도 프랑스 어가 유창하다고 생각했다)으로부터 구해준 탐구자이자 몽상가이자 사색가(현실의 전형적인 예술가이자 과학자)인 베네틱트 카니엘 부인이 책 속에 사용된 모든 프랑스 어에 대한 부인의 자애로운 교열에 감사드립니다.

블룸스베리 출판사의 케시 벨든은 이 책(그리고 저자인 나를)을 품격 있게 만들기 위해 할 수 있는 모든 노력을 했던 편집자의 전형입니다. 탁월한 보조자 킬리 랫참에게도 감사드립니다.

벳시 러너가 쓴 책이 저를 작가로 만들어주었습니다. 『숲을 보라! (The Forest for the Trees!)』라는 작품을 통해 나는 미술과 글쓰기라는 일에 대해 알아야 할 모든 것을 배웠고, 그리하여 책을 출판한 작가가 될 수 있었습니다. 또한 그녀는 내가 함께 일하길 꿈꾸었던

유일한 에이전트이며 그녀를 나의 에이전트로 두었다는 것은 오스카, 노벨, 맥아더 지니어스 상을 받은 것과 다름없습니다. 그 정도로 훌륭한 사람이지요. 감사드립니다.

　마지막 여행 팁. 집을 떠나기 전에 냉장고에 샴페인 한 병을 넣어두기를. 길 위의 여행에서 얻은 영광과 모험을 뒤로한 채 지친 몸을 이끌고 돌아왔을 때, 귀가를 응원해줄 선물이 되며 짐을 푸는 일이 보다 즐거워질 테니. 최소한 우울함만큼은 줄어들리라.

옮긴이의 한마디

작가의 말처럼 요즘은 누구나 여행을 한다. 하루가 다르게 쏟아지는 여행 책자는 물론이고 인터넷에도 자칭 타칭 여행 전문가들의 여행기가 차고 넘치는 세상이다. 이 작품 역시 얼핏 보면 흔한 프랑스 여행기 같지만, 그 속을 들여다보면 여행 선배이자 인생 선배인 비비안 스위프트가 우리에게 전하는 여행의 비결이자, 연애의 비결 그리고 삶의 비결이 담긴 책이다. 스위프트는 여행을 사랑의 과정에 비유한다. 기대로 시작해 열병과 현실 확인을 거쳐 안락지대에 이르는, 우여곡절이 따르는 험난하지만 아름다운 여정. 이보다 적절한 비유가 또 있을까. 무엇보다 한창 열병을 앓는 젊은 날의 여행이 아니라, 이제는 안락지대에 다다른 선배의 여행기이기에 역시 중년의 역자인 나로서도 연신 고개를 끄덕일 수밖에 없었다.

여행을 좋아하지만 안타깝게도 많은 여행을 다녀보지는 못했다. 사랑 혹은 결혼이라는 긴 여정의 길동무가 되어준 남편과 언젠가 길 위의 여행을 떠나볼 것을 다짐해본다.

천미나

어빙 스톤 (1917~1978)
도로시 스톤 (1919~2005)
1957년 파리에서

롱아일랜드 제트 족이었던 제임스의 부모님은 여행은 하지 않으셨지만
세련된 복장으로 해외를 드나드셨다.
참 좋은 날들을 보내심과 사진도 가져다 주심에 감사드린다.
귀국행 비행기에서 제임스와 나는 다음 여행에 대하여 이야기를 나누었다.
어이쿠, 깜짝이야! 다음은 스코틀랜드다.